初恋

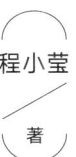

程小莹

著

上海文艺出版社

1

从高的地方看下去,看得更清楚。尽收眼底。

有许多高处,可以眺望城市。在一个顶点。这时候,你会觉得就剩下你一个人了。会有许多离奇古怪的想法。有一种跃跃欲试的腾飞欲。你想着日本电影《追捕》的台词:"作为一个检察官犯下了如此罪行我追悔莫及。我决定就此结束我的生命。""一直走,不要往两边看,你就会融化在蓝天里。""昭昌已经跳下去了,堂塔也已经跳下去了,你也跟着跳下去。"

这时候,你眺望自己的城市,"党卫军少校冯·迪特里斯,已经到了萨拉热窝。"这句源自于南斯拉夫电影《瓦尔特保卫萨拉热窝》的台词可以使人产生某种自信,与生活的细部联想有关;一些个人生命的独特体验。有点奇特。"奇特"这个词儿又让人想到一个叫"奇拉维特"的人,这个南美巴拉圭国家足球队队长兼守门员经常跑出来罚任意球为本队得分;比较奇特。

城市建筑的轮廓,像是插着的无数兵器,剑与盾牌,长矛与盔甲。透着现代金属般的光泽,恍如梦境。你低声自言自语。许多人在你面前走过。各种各样的发式、头巾、帽子,都是在故事里看到过的。

你和一些人进入了一个个现场。你和我会发现彼此认识,你我彼此惊讶地相视,发现一张自己的脸，皮肤上有一粒痣，眼角上有一个疤，头发浓密，或是稀疏，在发式、头巾、帽子上，有一些记认，却是熟视无睹的；还有一些动作，因为习惯而显得自然——说话的时候两个手互相捏来捏去；隔一个时辰要往后梳理一下头发；走在马路上总要端详自己在橱窗玻璃里的身影；说上海话夹普通话，说普通话夹外国话；都是熟悉的。这些细部的微妙变化常常是支离破碎的，但依然在发光，像碎玻璃片一样。这一切使你我产生一种幻觉。是城市积累着的无数生命。

生命降临到了自己的身上，便有了命名，便开始了生长；上海人称"虚年龄"为"叫名"，从开始叫名字了，便开始了岁数。

1956年7月8日，在以后的许多日子里，我渐渐感受到，那是个梅雨过后的初夏，闷热而潮湿。午后，一个坐在街角的上了年纪的摊贩，趴在他的西瓜堆上，睡着了。阳光在湿润的空气里嗡嗡作响；也许是一只苍蝇。从那时候开始，生命降临了，阳光晃得我睁不开眼。

等我睁开眼睛打量这个世界的时候，我发现第一个小秘密——所有的人都会挖鼻屎。人们无意间将一点点鼻屎从鼻孔里小心翼翼地抠出来之后，都会不由自主地搓在手指间，搓得嘀溜滚圆，爱不释手。

这个细节长久留在我的记忆里。这是我看到的第一个细节。这个城市在很长的时期里，灰尘多，吸进鼻孔里，被鼻毛挡住；我的小学老师告诉我，这便是鼻毛的功用；人类的鼻子会分泌出一种黏液，大概便是鼻涕，使这些灰尘粘结。现在的城市空气清新多了，灰尘少了，鼻屎也少了，抠鼻屎的人，也少了。公共汽车上，大庭广众下，很少看到溻鼻涕的孩子和抠鼻屎的男人；西装革履的男人，鼻毛修剪得整整齐齐。想当年，我的周围，随处可见溻鼻涕的男孩，以至于"溻鼻涕"可以成为这个城市少年比较大众化的绰号。"文化大革命"刚结束，日本电影代表团访问上海，一个著名导演叫佐藤纯弥的，看见大名鼎鼎的赵丹出来接待，鼻毛都未曾修剪，露在外头，私下里，佐藤纯弥为劫后余生的赵丹如此落魄而"心里难过"。

我对我曾经喜欢抠鼻屎的细节一点都不"难过"。我发现许多人都喜欢将一丁点东西搓在手中，只要形成嘀溜滚圆状，便难以释手。

难以释怀。那时候，我真的不知道，我能做什么，怎么做。在我满月的日子里，我们家曾在南京路上的新雅办过酒水，席间，我祖母将一枚小小的红色嵌宝戒套在我细嫩的手指上；我相信，那天我一定还尝过酒的滋味。上海人家在这种酒席上，总归会将小囡抱来抱去，用筷子在酒杯里蘸一蘸，放到小囡的嘴巴里，让其咂吧几下。我想我一定也是这样的，咂吧几下后便皱起眉头。但在酒水糊涂之后，在亲朋好友间几圈接力一般的抱来抱去之后，我手指间的嵌宝戒不见了,就此再也没有看见过。

到现在,这事儿早就被人遗忘了。但有一件事儿却一直让人难以忘怀,那便是当初的菜价。我的祖辈和父辈,在许多年以后还记得并且唠叨着,那时候的新雅,一道叫"白玉藏珍"的名菜,是4.80元;番茄鸡柳, 1.80元。

这菜与菜价让人垂涎欲滴。后来我翻旧报纸,1956年8月的《新民报》晚刊(《新民晚报》的前身),刊登过这样的广告——

公私合营新成区酒菜商店

又一村　南京西路304号　各式阴凉蒸拌面　什锦0.55,阳春0.16,冬菇0.50,辣酱0.46;

五味斋　南京西路76号　糟鸡1.10,糟肉1.00,珍珠八宝汤0.30,冰冻绿豆汤0.25;

维多利　南京西路1207号　红菱鸽脯

1.20，鲜莲虾仁1.50，月宫宝盒1.72，鲜柠煎猪排1.20；

功德林　长江剧场边　糖醋排骨0.60，素烧鸭0.30，炒蟹粉1.00，五香烤麸0.22；

沈大成　绿豆汤0.20，百合汤0.20，米仁汤0.20，红枣汤0.15，汤包0.30；

杏花楼　吉列猪排　2块0.60；

和平　乳腐肉0.80；

德大　南京东路四川路　冰冻西瓜0.40，冰冻红枣桂圆汤0.15；

凯司令　南京西路1001号　自制奶油冰淇淋0.40，奶油冰淇淋咖啡0.70；

绿杨村　南京西路763号　鹅绒番茄0.90，怪味鸡1.60，菜肉大包0.10；

新村　南京西路278号　炒菊红1.40，虾仁色拉0.25，虾爆鳝1.40，鲜肉大包0.08；

我看到这样的广告时,不住地咽口水。并且,让我有点伤感,这生活中,有许多东西正在消失,永远不会再回来了;同时,也会有点兴奋,将来真的什么都会发生。便看一个人,有多少已经过去,还有多少将来。在这个时候,人便像是一条线上的一个点儿,从这个线的这一头移向那一头;这有点像自由市场上小贩手中的杆秤,上面垂着秤砣;当人活出一点分量的时候,这个秤砣也就要往外移了,这杆秤上的刻度,星点状,是岁数。

在我来到此地的时候,生活里便有太多的可能性,从那时候开始,每天经历的事儿并不都是重要的,每天发生的重要事件也不一定会经历。而那些经历过的、看上去并不重要的事儿,星星点点,难以释怀。

那便是细节。

2

有两个男人在马路上打架。细雨中,他们的头发凌乱,湿漉漉的;他们互相出拳的速率不高,憋足劲儿,却常常一拳抡空,便拉扯着,哈着腰,头顶着头,用一种我们孩子称之为"摔跤"的动作,但显然,他们都不会摔跤,不会锁手,不会掼大背包,更不会抱腿。他们就会拉扯对方的上衣,彼此露出肚脐眼。有一个细节到现在还记忆犹新,一个男人裤腰上扎的是猪皮带,另一个扎的是当时很多男人用的一种塑料皮带。看上去,"猪皮带"要比"塑料皮带"狠一点。但似乎,男人亏就亏在这根塑料皮带上。这种塑料皮带是淡绿色的,有点透明,比较文气。但打不过人家。这是我对男人皮带的最初感觉。

城市入夏。细雨与喧嚣。上海北站,像一个集市;但这变化很难看出来。什么时候,外地人来了;什么时候,上海人走了;什么时候,到上海的外地人回去了;什么时候,到外地的上海人回来了。人流汇集到这里,像一片浑浊的水塘。连火车的汽笛,也是搅和着、缭乱着人们的视觉与听觉。老北站便是这样,我就记得,大人打架,小偷摸皮夹子,随地吐痰,和外国人拍照片。

那个初夏,我在城市喧响的老北站天目路上穿行。我的木拖板在方块水泥板铺就的街沿噼啪作响,不时踩着穿着塑料凉鞋、鸡皮凉鞋的大人的脚而遭几声呵责。我喜欢木拖板,在水门汀上,这种噼啪作响的动静,让我感受到城市夏季的活泼,和自由自在的精神、自说自话的做派。我一个"撑骆驼",以一种类似于体操里跳马的动作,双手攀着路边的红色消防龙头,腾地跃起,便骑上了这个敦实的铁家伙,木拖板从我的脚上滑落下来,发出"嗒"的一声。

我倾心于城市喧响的马路上两件默然的铁家伙,那是红色的消防龙头和绿色的信筒。那都是一种敦实憨厚,一种纹丝不动,还有一种色彩。红色的消防龙头稍矮,光溜的半球体脑袋像戴着钢盔,两个大耳朵还垂着铁链,像两个耳坠;绿色的信筒让我联想到一个胖警官,一个颇具装饰效果的戴大沿帽的警官,乐呵呵咧着一张夸张的大嘴,人们不时将食物装在信封里,喂进这张嘴里。

那时候,我便骑在消防龙头上,手托着下巴。雨停了。天空稍有些明朗,地面便会有热气升腾。人们开始从伞下、遮阳棚下、屋檐下走出来,开始从上街沿上漫下来。马路上画着菱形的横道线上,不时有人穿来穿去。

那两个男人,便是在这个上街沿上打架,打着打着,便没了。

我的眼光掠过街面。城市似乎是个万花筒,只要转动,转一下,便会有新花样;永远会有许多新鲜的事儿出现。我期待着。屁股底下，敦实的铁家伙令我感到踏实，无端地想象出一个强壮敦实的自己。没有人可以摆平我。一个中年男子从一辆三轮车上下来，付钱，拎包，走近我的身旁又回过头打量我一眼。我瞪了他一眼。我敢断定，我不怕他，他是外地人；还因为，我看到这个男人的灰布长裤的前门襟钮扣没有扣好。"校门没有关好，当心校长出来。"男子走远后还在回头，对我张望。我知道，我在那人乃至所有人的眼里，一定是一个谜，是一副七巧板，一道百位数以上的算术题，而自己总会发现那个人乃至所有人的缺陷漏洞洋相，了如指掌。

　　一般人都是经不起看的，任何人对另一个人从头到脚细细打量的时候，被打量的人心底里一定是要犯迷糊的，他们会感觉自己的袜子可能穿反了，鞋边上有了污垢，撇脚，背后的衣服上被人写了字或贴了纸，饭米粒粘在嘴边，头发上搭了一点鸟屎，鼻尖上沾了一点黑乎乎的灰。人们看着我或不再看我，那都是一种无奈和不知所措。在这个忽晴忽雨的下午，我很高兴地相信这一点。

我便骑在马路边上的红色消防龙头上。我腾出一只龌龊兮兮的手，挖鼻屎；一双小眼睛，打量着这个世界。蒙蒙细雨中，我找不到自己的影子。我总是要和自己的影子嬉戏。后来我对地理课本上关于我们这个城市气候的描述的认同，与当年在天目路上街沿的消防龙头上的感受有关。温暖湿润。东南季风带来太平洋上的暖湿空气。暖湿。

那是 1962 年，或者是 1963 年。总之，我从那时候，开始有了年月日的概念； 1962 年的去年，是 1961 年； 1962 年的明年，是 1963 年。仅此而已。

3

听无线电收音机里的少年儿童节目，有一档"对学龄前儿童广播"，似乎就是对我说的。所以，我开始对已经走过的人生时段，有了比较明晰的划分——婴儿、幼儿、学龄前儿童，然后会是少年儿童、青少年、青年什么的。

"学龄前儿童"的手指甲里总归是黑糊糊的，但喜欢啃手指甲；头颈也会有许多老垢；会潟鼻涕，没有诸如带手帕的良好卫生习惯；喜欢吃零食，见识到了有限生活里被视作最美好的食物，是一些小摊贩那里的陈皮条、弹子糖、糯米糖、爆米花之类，最便宜的是一种叫"盐水片"的东西，像药片，味道极浓烈，直接含在嘴里是吃不住的，只得捏在手里，在舌上一刮，便有了咸与甜的滋味；所有的零食的滋味，是甜与咸的交替，偶尔再加上酸和辣；一百年不变。

还有"盐津枣"，一点点的颗粒状，咖啡色，味道是甜和咸的交夹，我们就把这叫"鼻头污"，也就是鼻屎。在挖鼻屎、搓鼻屎的同时吃盐津枣，学龄前儿童很容易将鼻屎当作盐津枣吃进去，现在回想起来，两者的滋味像极。

由此，学龄前儿童的肚子里，大多会有蛔虫，所以，流行一种叫"宝塔糖"的打蛔虫的药，做得像塔，甜的，蛮好吃的。

同时，小摊头上还可以买到最初的文化用品——粉笔和蜡笔，几支短的，各种颜色，分别用于在水门汀地上和纸上胡乱涂抹。这让我从此知道了写字和画画的区别，当要表达我最初对生活的观感时，比如人的屁股，首先是选择图像而不是文字，图像来得简洁和直接，是两个半圆的组接。

学龄前儿童对"屁"和"屁股"这一类的词儿，会表现出极度的兴趣。幼儿对"小鸟飞，飞啊飞,飞到××的屁股上"这样的胡乱编造的儿歌,会报以咯咯的笑声;而到了学龄前,我们无师自通地嚷着这样的儿歌:"黄鼠狼的屁,震动了大地,大地的人民,拿起了锄头,赶走了黄鼠狼。"颇有正义感与战斗力,而这一切,都是缘由一个屁和屁股。电影《地道战》最让我们感到振奋的,是民兵队长高传宝一枪打在日本鬼子龟田的屁股上。这是最好的枪法。龟田手捂屁股的动作,他的手套,以及手套上的血迹,他看到自己的血迹后脸部抽搐的表情,最后发出"向给给!"的咬牙切齿的音调,我们都演得纯熟。

同样一枪打在屁股上的,还有《小兵张嘎》,嘎子的屁股挨了枪子后,我们的屁股都跟着一起疼。那种痛苦的表情,我们也是发自内心的,并且同样会用手去捂着屁股。那都必须与屁股有关。

与屁股有关的还有打针。有的孩子做医生,有的孩子做病人。大一点的男孩是爸爸,漂亮的女孩做妈妈，组成一个家庭，叫"办人家家"。在食了人间烟火之后，就会"生病"，就要打针，是打屁股的，用一根游戏棒或绒线针，互相扒下裤子。

所以，我很相信，所有的男人女人，最早接触异性的性器，是他们的儿童时代。我们的从前比我们的现在伟大。我们从生命的一开始，就渴望读懂我们的生命和肉体。这是可能的。那时候，我们男女之间，便建立了互相的兴趣与信任。几十年以后的某日，我看见城市的某个街头，停下一辆出租车，一个西装革履的男人同一个女人下了车，男人的西裤门襟拉链没有拉好。刚才女人的手，一定是从这里伸进去的。我想。就想起许多年前有关屁股和裤子前门襟的事儿。

4

我经常会回到我的石库门弄堂里。我是说我的思绪,像儿时弄堂口澡堂子的窗隙飘出的一丝白汽儿。

那是闸北老北站对面的一条叫"北高寿里"的弄堂。北面出口天目东路,南面出口安庆路,对面就是"南高寿里"。北弄口有公共浴室,窗户的缝隙里,飘出白汽儿和稀里哗啦的水声;总是热乎乎的肉体气息。我在这肉体的气息和水声里,竟可以分辨出男女浴室之间的差异来。男浴室里的水声更加响亮,像用木桶盛了水浇下来,热乎乎的气味里夹着老垢和脚癣的气息;女浴室的水是细细地流,气息温热,漂浮一点香皂和头油的味道。

在弄堂中央,有一个公用电话间。终日有人走进走出。叫电话的女人,喉咙颇响,皆可以听到她的声音:"蒋大为电话!""李宗盛!李宗盛电话!"一天世界。

十多年以后,电话还没有完全进入家庭,女人还是这样喊,手里多了个手提电喇叭,声音里,有些许电流声；还可以听出来的是，这电话，多半是一个女人打给一个男人，或是一个男人打给一个女人；肯定的。我到现在也说不出个所以然。而"蒋大为""李宗盛"们，有了他们的儿子或女儿。

阳光下，我生活在石库门弄堂里的阴影里。阳光投下一条阴阳分界线，一个日里，悄无声息地移动着。很长时间里，游戏的片段、儿歌的片段、音乐的片段，还有他人对石库门弄堂的回忆与研究的片段，经常让我陷入对儿时弄堂的无限遐想中。就在这阴阳分界线上飘忽游移。

傍晚，弄堂里的人便多起来了，是放学回来的孩子，下班回来的大人。一辆三轮车踏进来，在过街楼下要颠几颠；我知道，这里有个坡度，有些石板和台阶凸出来，车上女人的屁股扭几下，身子晃着，吃了几记"弹簧屁股"；女人手里挽着网袋，袋里有东西，这时候会滚落出来，女人慌着去管好自己的包袋；我知道，这个女人叫"阿毛娘"，有人便大声叫伊:"阿毛娘!"

"阿毛娘"只顾寻自己的阿毛。我知道谁是"阿毛",这时候,"阿毛"会藏在哪儿;弄口的爆米花响了,"嘭!"的一声,和着一股香气,"阿毛娘"吓了一跳。

一片骚动。有人骑自行车进来,车头安一盏灯;我知道,这车是新的,车头的灯亮着,随着车的颠簸,也是一颠一颠的,晃眼;自行车的后面,坐着这家的别人,两脚悬着,一脸的战战兢兢;我知道,这是这家的新娘子,他们在一个厂里上班。末班的邮递员,穿着绿色的衣服,骑自行车穿弄堂,车子扭斜着,车身发出哐哐的声音;我知道,这个邮递员叫"林国忠",这可以在他投递的信件信封上的小章上识得。"林国忠"身上有狐臭。

冬日的早晨,弄堂口是另外的景象,都是慢腾腾的,人都缩手缩脚。大饼摊是有点火热的,一只柏油筒改制的火炉,升起了烟火,做大饼的男人,手揉面团，还要拍，声音很响，打屁股一般；摊好的大饼，撒上芝麻和葱，男人就在手上沾了水，不住地将大饼在两手间来回地拍，将大饼调整在手中最佳的位置，并且在寻找一个时机，将摊在手掌上的大饼飞快地贴在火炉的内壁上；不快不行，火苗在蹿，烙大饼的手，通红通红的，油亮。到大饼烘到了焦黄，要用长长的铁火钳伸进炉膛里取出大饼；这时候的大饼是极香的，也是因为饿，吃的时候，上面的芝麻来不及细细地品，似乎有点浪费；一粒芝麻嵌在牙缝里，在上午九十点钟的辰光，会自然地出来，慢慢地嚼，流出自然的香。这时候便想，早上满大饼的芝麻，都不及这一粒的味道。

隔壁在煎油条，油烟气味一点都不讨人嫌，是实在的人间烟火。那时候的人，从来没有想到过现在人家少不了的脱排油烟机。那种油烟气味，在那时，多少是好日子的感觉，很亲切。我常常在弄堂里穿过，一边闻着每个门牌号头里的灶披间飘出来的油烟气味，几家人家的小菜是互相融和的，串味的，知根知底。山东人家，总少不了大葱的气味；而宁波人家，总归有咸腥气味和臭烘烘的味道；无锡人家在煎糖醋带鱼和烧糖醋小排骨，这样的味道会刺激出满口的唾沫。在油烟升腾起来的时候，人的肚子大多就饿了。

与煎油条的油烟一起升腾起来的，还有煎生煎馒头的味道，多了点鲜肉味；锅贴便不同了，是因为不放芝麻和葱，吊不出鲜肉味；煮豆浆的热气最大，味道却是淡多了，总有点清水光汤的感觉，连小菜场里的豆制品摊头都不如，那豆制品的气味，总还有浓重的豆腥气。

黄昏时分，是茶叶蛋和炸油墩子、臭豆腐干的摊头。那味道都是好闻的，且给人沉实的感觉，颜色也近乎黄昏，是棕色和深黄色的；这时候的人们，大多有了些许的闲，便有了剥蛋皮儿的辰光，或慢慢地啃烫嘴的油墩子和臭豆腐干，一边撮起嘴唇吹着气。满世界飘着茶叶蛋的香味,闻着,让我的鼻翼都瘪进去了;我忘不了那茶叶蛋的香味,但没有一点与茶叶有关,吃到嘴里的时候,也似乎是一种失落,了无香味,这趣味全然在于吃之前和剥蛋皮儿的当口,满怀的欲望。

在闻过所有可以看见的解馋的吃食之后,便要走过弄堂口的公共食堂,也有白汽儿飘浮而出,是大锅饭的气息,比起一份人家的饭香,要来得长远和复杂,夹杂着烟囱的煤烟气息;炒大锅菜的声音,也要来得响亮而嘈杂,所有系白色饭单的人,让人感到亲切,都像是自己家里的那个最要紧的人——像父亲,像母亲,像祖父,像外婆。祖父的话是很对的——天底下,饭是最好吃的。

5

同样是饭的气味的,是海宁路的一家帆布厂飘出来的味道。也有白色的热乎乎的蒸汽。因为饭与饭单的关系，使我感觉，饭与帆布，也似乎有了联系。后来我发现，所有发"Fan"的音，都会与"饭"有关。"犯"错误，到家里便会被大人骂"夜饭不许吃"；看一本连环画正扎劲的辰光，被喊着要吃饭了，会觉得"烦"；姓"范"的人，大多胃口好，比如后来有个叫"范志毅"的男人，踢足球的，饭量肯定是大的；那时还有一个叫"范文同"的，是越南总理，一个在广播里听熟的名字，听上去不知为什么，会与一个不大好的词儿联想起来——"饭桶"。儿时诸如此类的联想，没什么褒贬之意，都是一些孩童式的胡思乱想，与孩童有限的经历与视野有关，激发最初的语感。

那时候我开始认字。我对汉字的形象化理解，几乎都类似于这样的"饭""饭单""帆布""饭桶""犯错误""烦"的种种联想。比如"瓜"，发音的时候，嘴型是一个咧嘴啃西瓜的样子，似乎还有口水和汁水从嘴边淌下来;"哭"的音调和发音的表情,已经是一副哭相了;"笑"字,你盯着看,就像是个笑嘻嘻的面孔;"友谊"的"谊",总归和黏乎乎粘在一起,腻滋疙瘩,比如"鲜血凝成的友谊",感觉就像鼻屎一样可以搓成嘀溜滚圆的;"骨干",便与骨头相关,干巴巴地撑着,小学一年级的时候,我被老师封为班级"骨干",我便开始消瘦下去,像骨干了;我的脸上泛着一些白色的斑痕,我无端会将这个"斑"与"班级"联系起来,因为班级里的男孩大多脸上会有斑痕。

也喜欢啃指甲,经常叫肚子疼,说我们的肚子里有蛔虫,我是承认的,我到现在都觉得,蛔虫都是生长在1960年代的男孩肚子里的,今天可能已经绝种,所以现在的男孩便没了"宝塔糖"可吃。吃"宝塔糖"可以解馋,但比较麻烦的是,过后我们要注意自己的大便,蛔虫是从便中排出的。这使我们在大便的时候,都会有一种忐忑。早春的时候,我们每天在学校里还要滴一种黄绿色的药水,从鼻子里滴进去,从鼻腔流到喉咙口,是水果的味道,那是预防脑膜炎的。"点滴"的词儿便是这样来的,三点水、四点水,一滴一滴,形状便是笔画里的"点",水滴落下来的时候,形成流线形,是在空中减小阻力的形状,"点点滴滴"的词儿便很具象,到处在滴滴答答。后来,京剧样板戏《红灯记》里有句台词:"点点滴滴在心头",我便会联想到滴鼻头的黄绿色药水和水果香味。

有一天,语文老师在上课的时候,讲到读书,用了"啃书本"的字眼,我问老师,为什么要"啃"?老师答,"啃",就是用牙齿慢慢地咬,然后吃下肚子,对读书,就要这样,把书本知识一点一点咬下来,吃进去。语文老师的这一番话,影响我的一生。我从此看书的时候,都要吃东西,在那时,我会弄只生山芋啃,弄只冷馒头啃,后来啃压缩饼干,啃大饼,啃冷的羌饼,到现在,只要与读书有关，或者要看大部头的书，我还保留着这边读边啃东西的习惯，啃苹果，啃生梨，啃生胡萝卜。只有这样，书才能读进去。

这是我和城市以及它的细部生活的生死攸关的初恋。我的脑子里充满印象。

北站有一座高楼，14层，上海铁路局，一个轴对称的建筑，是横向的，结实得犹如搭积木时用了大量的方块相叠。那上面开着许多神秘的窗户，夜晚，里面透出日光灯白皙的亮光。大人在工作。很安静的，和外面的嘈杂分割开来。这是我对"上班"的最初印象，要上这个楼，在一个班头上，停下来，做一些每天要做的事情。我从容地在外面打量着这大楼。在那时，我要堂而皇之地进入这样的大楼几乎是不可能的。我期盼着战争爆发。我可以端着冲锋枪，一路突进去。我要做的第一件事儿，便是登上最高处，占领上海铁路局。"突破"与"占领"的词儿，便开始在我心底里形成某种最初的男人欲念。那便是要站在一个顶点。我当然从来没有想过，我占领铁路局后要干什么。我只是觉得，我出生于此，竟从未上过这个高楼，这无论如何是不对的。

"文化大革命"刚开始，我跟着几个同学，冒充"红卫兵"，混进了这幢大楼，一口气登上顶楼，就为了从一个高处看看城市。

我趴在窗口往下看的时候，感觉是一片宁静；我的下身有一阵刺痒。

6

弄堂口过街楼下，一个皮匠终日端坐着，埋着头，钉鞋掌；他对这满世界的嘈杂，充耳不闻。"文化大革命"初期，皮匠还免费为大串联的南来北往的红卫兵钉鞋掌，像拥军的模范，只是依然对什么都充耳不闻。皮匠是聋哑人。

我喜欢蹲在皮匠的边上,看他将人家的鞋取在手中,凑在眼前,端详,一鼻子脚与鞋的气味;那脱了鞋的人,坐在皮匠的对面,皮匠特意为此准备好的小凳上,一只脚搁在另一只脚的脚背上。那多半是女人。我一直奇怪,女人的鞋老是要坏。女人脱了鞋的脚,脚趾扭动着,脚底与脚背摩擦着,颇舒适的样子;顺着脚踝上去,是小腿肚子,那儿有一条美妙的曲线。我便想,总有一天,我是要顺着那美妙的曲线,好好学习,天天向上的。

我其实是很要读书的。因为读书好,是可以天天向上的。祖父跟我这么说。毛主席也是这么说的。

但是,祖父还看出了我的这个很"惹气"的地方,那便是,我老要注意女人的事儿。

祖父说的是金华。祖父对金华打量过,说这个女孩像是谁。

在那时,我没看出来金华像谁。金华跟我是同桌，住在我们弄堂边上的铁路家属楼房。因为她爸爸、妈妈经常要跟火车出差，她没人管，就很凶，便连跟男孩子打架，她也会。她打架一点不吃亏，请人吃耳光，只只是噼啪脆响。不过，她跟我真的是很好。她有一副半截头的、露出手指的手套，天冷的时候可以戴着这样的手套写字。她脱一只给我。后来，她把另外一只也脱给我了，因为我把她的功课都做了。还要替她写信。她父母在外地，经常要写信回来，有一封信来，就要回一封信去。

写信有许多规矩，还有格式。我们在语文课上刚刚学过书信体。金华总是用她父母单位的报告纸给她父母写信。这种报告纸很薄，稍一用力便会勾破，也不好用橡皮擦。破了的纸，她就叠一些小玩意儿送给我，青蛙、鸟和刮片，一边口述着信的内容，大致是汇报自己的情况，还有，就是问棉毛裤放在哪个抽屉，卫生衫在哪个抽屉。比较滑稽的是，她家里的钞票、粮票都是她父母替她放在书架的书本里,夹在《毛选》里。她说,她父母觉得放在这里很安全,小偷进来不会翻《毛选》。

最后,信写好了,寄出去。她把她父母的来信,一并做了刮片之类;我带回来,把这些东西再拆开,看着她父母很亲切的话语,便去想那些金华和我一起胡编乱造的话儿,觉得有点不好意思。都是哄骗她父母的,还很客气,叫他们"亲爱的",祝他们"学习进步,身体健康","此致","敬礼"。

在这些信里,我慢慢悟出,家里人的关系,书面上和实际上的差别很大。平时父母在身边,看到自己的孩子闯祸或功课不好,又是骂又是打的,到了信上,都还是耐心教育的。而人与人之间,如果要和一个人好,用写信的方式比较好,容易相处,容易说好话。我喜欢跟人写信,便是从金华那儿开始的。

金华不愿跟她父母写信,却会跟我写信,是一些"爱情"的话语,诸如"你不爱我了?""你不知道我爱你吗?""爱情来到了我们中间。"。她把这些话写在纸条上,送给我,又忽然抢回去,撕了。她还送东西给我。这让我懂得,文字,表达世间的温情与好意。我在人家给我的信里读出不快和仇恨,比较少,人家送给我的东西里都会蕴藏着内容。一张照片叫我经常会记起一个人。一副手套体悟到温暖。吃的东西在吃的当时记住了全部。

我把金华送给我的半截头、露出手指的手套带回来,一个人戴上,又脱下,感觉跟金华是手心手背的关系。被祖父看见了。"一个男小孩,做啥要对女小囡这样用心?"祖父对我一跺脚,让我的心头一颤。

我在金华家时,我觉得自己是一个孩子,跟着她这个"大人";我一直觉得她好像要比我大一块。那一块到底是什么,我也弄不清。她让我看她的照片。那照片多是在外地拍的,一张张,像一块块豆腐干,有的还切出花边。金华经常会跟她父母的火车到外地去。

照片上的金华是很漂亮的。其实,我一直觉得,金华要比谁都好看。我可以从照片上,看出金华从小到大,渐次有了越来越多的姿色。金华还要送给我照片。这是很惹人的。现在想来,这金华,有点像如今的电影演员陈红。反正,是够好看的。

那天,我究竟是否拿了她的照片,我是记不得了。总之,现在我这里找不到金华的照片,要看,只好盯着电视剧里的陈红看。

因为好看,金华就要经常在我面前装扮"女特务",因为电影里的女特务,都是很好看的。她戴起一副太阳镜,学着抽香烟的动作,另外一只手搁在桌面上,手指敲着,说是在拍电报;而我,戴上她父亲的铁路工作人员的大盖帽,自己用硬纸板画了一些领章、肩章,装扮成国民党军官。两个"坏人"编造一些坏人坏事的情节和细节,你请我吃耳光,我请你吃耳光。做坏人坏事,比做好人好事刺激。

有一天,她对我说,做特务很好的,有"特务经费",就是许多钞票。她问我,弄得到钞票么?我说可以弄到。我有一个弄钞票的秘密,这时候就告诉了金华。我们便开始了"特务工作"。我让金华从家里带一根绒线针,把她带到安庆路小菜场。这时候是下午,小菜场里没有什么人,一股臭鱼烂菜皮的气息。我们到了肉摊头,有几个硕大的砧墩,是用很粗的树的底部做成的,有几个地方已经开裂,几道很深的裂缝,在这些缝里,深深地嵌着几个硬币。那便是我要弄的钱。

我很早便注意到,大人在买小菜的时候,有一些找头,经常有硬币在大人的手里落出来,滚进了缝隙里。那时候大人是没有工夫取出来的。我们就用带来的绒线针,将这些硬币一一挑出来。那时候的硬币是 1 分、 2 分、 5 分,积攒起来,是我们手里的一笔大钱。这让金华兴奋不已。

有了这笔"特务经费",我们的口气便大了许多,金华说可以跟她到外地去,坐一回火车,用他们家的"免票",到无锡、苏州去,用这笔钱买苏州豆腐干、无锡小笼包;还可以乘公共汽车,起点站上去,到终点站下来,41路到底是龙华,58路到底是大场,15路到底是徐家汇。这种对城市的穿越,是我们最初的起点。我们必须出发。

7

我的生活从上海北站开始。火车站,梦和冒险经历的起始。火车站的铃声和汽笛。"月台"这名字真好听。我从来没有在其他地方听到比这更美妙的名字。站在月台上,可以看见边上交错岔开的铁轨,戴着帽子的信号灯。所有的一切令人着迷。持续的铃声一中断,火车头就要发出撕裂般的尖叫,红色的车轮,白色的边带,轮子就是用一根铁手臂带动的;火车头老是要喘着粗气,或者发出短促的一声,一团白汽像一朵云似的飘起来,很好看的。远处的蒸汽机车头,喷着蒸汽开过来,机头里总归会有一个司机,从里面探出半个身子,往前方张望;绿色的列车像一条长蛇,游移着。在一列行动起来的列车车窗前,我经常会看见摆着的吃食和饮料。一张脸在望着窗外;在另一扇窗口,是卧铺,立着一个穿着睡衣的老头。一列火车开走了,月台上的人即刻散去。我经常会想,这些人,他们从哪儿来,到哪儿去,现在又在什么地方呢?

我晓得在这个城市活下来的我,是认得生活了。这一路上,开始有许多记认。

有许多里弄加工厂,糊纸盒、绕线圈、敲小铁床的床绷,让我这一路上走着,便听着乒乓乒乓的敲打之声。我站在自家的弄堂口过街楼下,一个铅皮匠的摊头边,整个下午看着铅皮匠用一块方方正正的木块敲打铁皮。这是我对做工之人的最初印象。那种锅底、铅桶、痰盂、浇花的壶和喊口号的喇叭筒,就出自这样的手。这让我在后来读到"能工巧匠"这个词儿的时候,耳畔就会有乒乓乒乓的声响。这便是活儿。

做工之人,总要弄出些声响。是修锁配钥匙的担子,铿锵铿锵地晃来,小钢锉哧哧地响,让人牙根儿呲呲地发痒;箍桶的,小锤对着凿子笃笃地敲着,节奏是明快的,绕着木桶兜一圈,间或,箍桶的一扭头,以为他要对我说什么,却听得一声响亮的吆喝——箍桶哦!至于修自行车的主儿,把个废钢圈挂在树杈上、路牌上,有事无事地铛铛敲几下,地上掼着各式扳头,活络扳头、套筒扳头、内六角外六角扳头……

对面的弄堂,有爆炒米花的声响,吸引了我们。我和金华经常会为我们拟定的出发而准备干粮。我们用我们的"特务经费",用她从家里偷出来的米、黄豆、玉米,去爆米花。我们成群结队跑过去,地上是一溜竹篮头,里面是个小铁罐,盛着米或玉米、年糕片、蚕豆、黄豆……破旧的炉灶里,火焰随着风箱的啪嗒啪嗒声,发出哔哔剥剥的声音。爆米花的一只手摇着炸弹似的生铁闷罐,一只手拉风箱,脸上是一道一道污黑的汗水,埋头想自己的心事,然而,身子是很稳重的。谁也没注意到,他会留神生铁疙瘩上的一个压力表,到了某个时分,便用力支起生铁闷罐,随手拖过一个脏得不能再脏的破麻袋,将生铁闷罐口对着麻袋里面,以一个熟练的动作封牢,抄起一根铁管套住生铁闷罐的口盖,跟着是一声"炒米花——响啦!"。

我们一哄四下散开,蜷缩在墙根底下,捂着耳。随着一声爆响,是香喷喷的味道,让我的鼻子一阵紧忙,鼻翼都瘪进去了。

在那时,一个小男孩默默等待着的、注视着的、想念着的,便是这样的破麻袋里倒出来的白花花的炒米花。有一个星期里,我们的零食便是这。

如果是爆黄豆,便吃黄豆,便会产生大量的屁;大量的屁跟着我们到各自的家、学校、电影院、公共汽车上,散发出大量的臭气,当人在揣度这些臭气的来源的时候,我们有一种莫名其妙的快感。

还有,便是对所有做工之人伟岸的劳动姿态,打心眼里深深仰慕。

8

一年一度的六月里,弄堂人家要晒霉。弄堂里,梅雨季节刚过,火辣辣的日头下,人便要在竹竿之间穿行,从一条条裤子的裤裆下穿过;是一家家人家的一家一当。便想起那件呢中山装,冬天的时候,是穿在那家男人的身上;那双翻毛皮鞋,今年冬天那家的孩子,是要穿不下的;这家的女人竟还有缎子的夹袄,晓得是穿在里面的,紧窄合身,现在这家女人是胖得不像样了。是一些樟脑丸的气味,妥帖而不事张扬;为了这日头,就撑开来一下,很快是要收藏起来的。

这晒霉的日子,祖父一天也不好错过,一定是要到出梅三天以后,六天之前。也不晓得是谁给他定下的硬性规矩。祖父在这个时候,顺便还要套上一个祖母留下的顶针箍,伴在荫头里,钉一粒钮扣,锁一个钮扣洞。

1965年7月8日,是祖父晒霉的日子。我之所以记得这天,因为这是我的"叫名"十岁生日。还因为那天,我将那枚铜质顶针箍拿出去,在天井的水门汀地上用一块砖砸扁了,到同发里的一个小摊头上换了两块糯米糖和三张火药纸。那时候,我想来想去,想象不出这顶针箍是派什么用场的。过去套在祖母的中指上,也看不出有多少好看;现在祖父去用这种老太婆用的东西,也是不对的。祖父后来用布条缠在了中指上,去钉他的钮扣、锁钮扣洞。直到后来祖父去世,母亲不在我身边,我自己要钉钮扣的时候,我忽然发现这顶针箍的用场。当需要将针从粗布里刺进又穿出的时候,中指的中段自然而然地去顶针鼻,却被针鼻扎疼。我想起顶针箍上有无数针鼻大小的小坑,不让针鼻打滑。我发现我的愚蠢,竟然不晓得这套在中指上用来顶一下针鼻的铜质或铁质的箍的用场,连从字面上都不晓得去理会,实在是没有多少文字理解能力。我只晓得祖母的顶针箍,可以用来换糯米糖,因为是铜的,也是因为,当年祖母给过我一把打不开的铜锁,关照我,好当钞票用的。

在这样的日头底下,是觉着日子挺好过的。连一把打不开的铜锁也好当钞票用,在小菜场的肉摊头的砧墩板里,可以挖掘出"特务经费",这日子还有什么难过的?我便是经常这么想着,想着,便睡着了。

9

那时的男孩是天才少年。我在过去的时光里玩着许多游戏。在看到现在的司诺克时,就想到我们的康乐球——它们都是用一根枪棒来击打母球,再撞击其他的球进洞;我们用滑石粉撒在康乐球盘上,使"老板"(也就是母球)可以在盘面上划出一条对角线;"老板进洞"的事儿是经常发生的,当我现在看到什么希斯、威尔金斯的英国人从洞里取出自己的母球的时候,我心底里便说一句:"老板进洞。"

我们在弄堂里的地面上打乒乓球的时候,根本没有想到几十年以后桑普拉斯和阿加西也就是这样玩的网球,只是将乒乓球换了网球,场地扩大,并且是在草地或者硬地上进行。打乒乓球要练基本功,我们在那时便是对着墙打球,几乎与现在的英国贵族玩的壁球完全是一回事儿。高尔夫球是最贵族化的,但看来看去就像是我们在儿时玩的打弹子进洞的游戏,在弄堂里石块铺就的地面或跆硌路面上,挖一个小洞,手里弹出的玻璃弹子,慢慢地靠近洞口。保龄球算什么?我们在那时是用砖头,抛出去,击倒别人竖立着的砖头。

在弄堂里还可以有一些事儿,来与那些很热闹的场面相匹配。配合弄堂里剥落的墙面,配合它终日少有阳光的角落,配合它用石块、石条铺就的路面;在这些路面上,经常排列着许多东西要晒太阳——会有人家买了煤灰,自己做煤球、煤饼,弄堂便排列着黑乎乎的一片;里弄加工厂做的口琴盒子,叠起来,像搭积木;碎布用糨糊贴在木板上放在太阳底下晒着的硬衬,一块块倚在墙角落里;晒"雪里茬"做咸菜,还要用绳子串起来,像节日的彩灯;晒西瓜皮;晒马桶;晒棉花胎。

几只煤球炉子在生火，有的矮墩墩，有的生着长脚，各家都是用惯了的，拎出来，感受着风向，让炉门对着风来的方向，吹着风，等到消了烟，是算着了；在没有风的日子里，这家的孩童，就要用一把破旧的蒲扇，噼里啪啦地扇。我是做过这样的事儿的，不光对着炉门扇，还要在上面拍着炉口，这样的上下通风，火便呼呼地着起来。

以后，有人发明了封炉子，就是在过夜的时候用煤灰糊将炉口封起来，留一点孔，次日再掘开，便省得天天生炉子了。这封炉子的技术很不好掌握，不是半夜里灭了就是烧过了，那全得看留孔的大小和炉门留下缝隙的控制。一家人总归会出现一个封炉子的高手。第二天早上起床的时候，如果炉子上水壶里的水滚热，那打开炉子就还有炉火，这一家人是成功的。后来煤球炉子改进了，用煤饼，北方人叫"蜂窝煤"，买煤、加煤方便了许多。一只煤饼上有十二个洞，加煤饼的时候一定要对准洞眼。有的煤饼洞眼堵了，还得有一根铁条用来通洞眼。但对炉门的控制有更高的要求。开启炉门就像现在开煤气开关一样。

煤饼炉几乎一直是燃着的。上海人家在煤饼炉上炖得最多的是一只铜吊，也就是水壶。上海人向来会精打细算，他们不会用沸水来洗脸洗脚。他们在煤饼炉子上将水烧得半开，一天里最后一只煤饼烧光的时候，家人洗漱基本完毕，热水瓶灌满。如果多了大半壶开水，也会主动跑到隔壁人家去冲进别人家的暖水瓶里。经常有张家阿婆给李家阿婆灌满一热水瓶开水的事情。

一只马桶坏了，散了，箍桶的也没有办法的时候，这只马桶的木头就被劈了，做引煤炉的柴，而箍，被男孩拿了滚铁环。

我们可以滚着铁环，跟着5路有轨电车，一路跟到浙江路桥，再吊着5路电车回来；那需要长跑的耐力和勇敢。还要准备与远弄堂的男孩打架。滚铁环使得我们开始涉足远方,开始学会认路,开始我们的日常行走。

我们就此晓得马路上要尽量靠右行走的行人规则,人行道是我们的主要走道,"走上街沿"是大人经常的关照;这种习惯一直延续下来,在与大人一道出去的时候,大人会走在靠左边的一侧;后来谈恋爱的时候,习惯让女朋友走在右边的内侧。

我们开始会穿弄堂,知道很多近路,一般的弄堂至少会有两个出口,分为前弄堂、后弄堂,有的大弄堂半当中会有支弄堂通向隔壁的弄堂;一只弄堂进去,从边上的口子穿出来就是另外一条马路;有时候一条弄堂接着一条弄堂穿,出来就是自己的弄堂口了,有着别有洞天的感觉。这很要紧的。经常要跟人打架,要逃,必须要晓得死弄堂活弄堂,一股脑钻进死弄堂里,就死路一条。

我一直保持着这种穿弄堂的习惯,到了一个新的工作环境和生活环境,我会很快晓得附近的弄堂,从这里进去到那里出来;后来发展到穿新村,穿公园,穿商店,穿医院,穿学校,穿工厂。那些地方往往横跨几条马路,从前门进去到后门出来,可以省略许多转弯抹角。

荡马路的习惯也随之形成。荡马路可以看见许多新鲜的事儿,奇特的、好笑的、莫名其妙的都会在马路上发生。天暴热的时候,有的人穿着长袖子便会感到滑稽;早上下雨下午天好了,马路上穿着套鞋拿着雨伞的人一定是下班回来的;小菜场回来的女人,一路上就在剥香莴笋的叶子,她们将叶子随手扔在小菜场的地上,因为地上本来就一塌糊涂,没感到有什么不对,出了小菜场再扔,就感到是真正的"随手扔垃圾";路边人家的小孩在门口剥毛豆,一边在望野眼,剥着剥着将毛豆壳放进碗里毛豆掼在畚箕里;一个穿着睡裤的女人刚刚午睡好脸上留着席子的印痕;路边的路牌上总归被人搭着拖把、旧自行车轮胎什么的;外地人看地图、看站牌、看门牌号头很起劲,像煞很有文化;所有的门牌都是深蓝色底和白字;晾着的一条女人裤子是用十字衣架撑开的,风吹过来裤子鼓起来,像是一个女人的整个丰满下身;突然下雨的时候便往商店里逃,还有电影院门口,总归会有个雨棚;要想知道时间可以到学校门口去,那儿的门房间里总归会有电钟的;钟表店里也会有一个钟是最准的,别的钟都是瞎七搭八;还可能捡到钱,有许多拾金不昧的说法,都是起始于路上……

10

新学期开始后,总会有几个天气忽然凉下来的日子,就像在第二个学期开始后,会有这么几个天气忽然暖和起来的日子。这是我对秋天和春天的最初感受,让我们在放学的时候感到早上出来的时候衣服穿得少了或者多了。校门口有家长来送衣服，这些家长大多是没有工作的，他们会有空在这样的凉天或雨天送衣服和雨伞。双职工的家长这时候在上班。后来我们家长是双职工的，就学会从收音机里听天气预报。

1960年代的城市是四季分明的。一场秋雨过后，路上忽然有了许多落叶；蟋蟀的鸣叫变得缓慢，拉长了；穿起长裤的时候，感觉里面是空落落的；加了棉毛裤、卫生衫，套上外衣的时候，里面的裤管和袖子都缩进去了，便要有大人的手从裤管和袖管口伸进去，从里面帮你拉住裤管和袖子，拉直。这一刻是温暖和舒适的；如果仅仅是温暖和舒适，如果真的再没有别的什么，许多年以后，为什么还没有忘却？这里面一定孕育了人类的灵魂。

冷饮收摊了，没有了。语文课文会有一篇有关"国庆"的文章；如果教一篇工人阶级和劳动人民的课文，那就临近"五一"了，天气便是暖洋洋的。

下午的课堂里，我们的同学里有人在吃橄榄，因为听到有人发出咂吧声，是熬不住的滋滋有味；老师也听到了，发问是谁在上课的时候吃东西，没有人肯承认，但大家都不约而同地将自己的腮帮子鼓起一小块来，似乎嘴巴里都含着什么。这是我们从语文课文《我是区长》里学来的，敌人要抓我们的区长，群众要保护区长，就有人挺身而出说：我是区长！敌人要杀他，又有人出来说：我是区长！无数的群众说：我是区长！真正的区长就夹在里头。每当这个时候，我们感受到一种反抗的乐趣，造反的乐趣。学来的知识和天生的聪明和智慧，便都用在了这个里头。

吃橄榄的时候，我们会在嘴里感受这个橄榄的核，是大的，或是小的，是扁的，或是长的。这决定我们是否可以赢取更多的橄榄核。我们玩一种叫"钉橄榄核"的游戏，用一颗橄榄核瞄准着，站着，从高处落下去，将另一颗放在地上的橄榄核击出一个划定的区域。这种游戏让我们乐此不疲，是男人最初的有输赢的赌博。橄榄核成了我们的财富和能力的象征。同时我们在酝酿着争吵。游戏的形式本身便带着这种争吵的可能性。争吵最终取决于实力，是男人的力量和勇气，敢不敢打架和会不会打架。这是很粗俗的。但在许多时候，对于男人来说，粗俗是很有吸引力的，具有无限的魅力。

那魅力根植于野性，更接近于人类的本能。许多年来，我听到和看到无数的相声小品，在上海有更多更粗俗的滑稽戏，归根结底，都让我感受到粗俗和调皮捣蛋的乐趣。变了法儿让人取笑和逗乐，不惜用一些古怪的嗓音和古怪的表情，都是接近于儿童式的无聊。儿童是最无聊的，也便是最无忧无虑的。儿童没有太多的文化，也是粗俗的理由；他们是简洁明快的。这使儿童在本质上更接近于生活。

有一个黄昏，放学的时候，我被老师截住，并且被截获了我所有的橄榄核。班级里的人也不过来解围，还站在一旁起哄。我虽然不太害怕，却也只得乖乖地缴出了我所有的橄榄核。这里面还有一个我用橄榄核做的类似于现在飞镖的玩意儿——用一只橄榄核，将两个尖尖的头磨平，会出现两个小平面，里面各有一个小眼，一头插上三支鸡毛，一头插上一枚缝衣针。谁都可以想象这样的飞镖有多么精致，多么美妙！这个天才的发明物即便拿在女教师手里，也一时令她难以释手。她在仔细端详这一发明之后，说这样的玩具是有危险性的，便充公了。

这时候，女教师开始数落我。女教师在说："那应该是个女孩子。"她双手扶着讲台，她的白皙的手指染着红色的墨水，还夹着一支粉笔，像男人夹一支香烟。她在对我的姓名中的"莹"做注释。有一颗用纸片儿折叠成的子弹从男孩堆中的橡皮筋上弹射过来，击中她的头部。那该是又一个具有"危险性"的玩具了。那是另一个男孩所为。我也有这样的橡皮筋和子弹头。那种弹弓是我们男孩最富攻击性的玩具。所以我不是女孩。所以我有着男人最初的粗俗和野蛮。

在那一刻，女教师以标准的普通话说声"我中弹了"，头便伏在臂弯里。瞬间是一片寂寞。女教师优雅的声音和优美的睡姿令我心动。我的视线从她隆起的后衣领里探进去。我看见她的后颈及背处，有一块小小的疮疤，宛如种的牛痘。我心头倏忽之间荡漾起温情一片。我极尽我的目力，要往里往下往深处探去。对面的教室在关窗户，将一片西下的阳光反射进来，晃了我的眼。一晃而过。

在去上学的路上，我开始学会想一些事儿。许多事儿结束了。一本书读过了。一个学期结束了。一些东西吃过了。这让我觉得有趣。我们的课文有一篇《我要读书》,是高玉宝写的一本书里的章节。叫我感觉这是个穷人的孩子,要读书,就像要吃东西一样。高玉宝趴在学堂的窗口偷听人家上课的情景,让我感到过去的生活真的很苦,现在的生活真的很甜。老师和家长教育我们这些孩子,便用"你们是甜水里泡大的"这样的话来说我们。我开始努力感受周围的"甜",有时候却觉得并不是很甜。

我们小学是在一个弄堂里的,叫康乐路小学。一个小学要分三个地方,分别在康乐路、安庆路上。早上在人家的弄堂里排着队,一个"两手前并举——向前看齐",队伍就从弄堂口伸出去了,蔓延到上街沿,升旗、奏国歌、行队礼的时候,队伍后面的人都看不见国旗;做早操,经常会踢翻人家晒着的马桶。在国歌声中,弄堂里的人家却在埋头吃早饭,吃泡饭,稀里呼噜的,很不严肃。下午放学回家的路上,又经常会跟那几条弄堂里的孩子打架。我们一个学校里的人结成一伙，他们一个弄堂里的人结成一伙；这样便成了打群架。我们男孩如果头上有几个疤的话，多半是在那个年代、那个时候打群架留下的。

许多个秋天和春天，便这样开始和结束。打群架很刺激，一伙一伙的，先是在不远处彼此观望着，对峙着，看上去人数大致相等，都认为自己不会吃亏，这时候，有一伙呼啸着便冲过去了，这一冲几乎是决定性的，被冲的一伙如果没有必胜的信念，就要被冲垮；所以，我们打架的时候，都先要关照好，不许有人先逃。只要有一个人先逃，便会引起连锁反应，一下子就兵败如山倒。打架的人都是有备而来的，所以一般不会逃。彼此对打的时候，就是考验一个人的勇气和意志。空气中流动着喘息和骂人的声音，以及拳头击在面庞上的"噗噗"声。

还有些女孩子，喜欢看男孩打架，当然，她们是要看到自己认识的男孩,"打得过人家"。这样的男孩,并不是很多,既要让女孩看得上,又要打得过人家。那就是英雄。自古英雄出少年,出在打架最多的男孩里。男孩之间就会瞎扯打架的事儿。没有人认为这是胡扯,很认真地听讲。

上课的时间其实并不很多,学校的教室不够,只能上半天课,所以课桌里经常会有别的班级遗留下来的东西,低年级的看见高年级的课本觉得很深奥;高年级的看见低年级的作业本觉得很幼稚;教室的黑板报也是各个班级轮流出,在黑板报上,可以发现别的班级有人搞"不团结"或"赌博"什么的,觉得很新鲜。

在不读书的另外半天,就会安排一种叫"小小班"的学习形式,就是邻近的同学要集中到一个同学的家里,相对来说,这个同学的家要大一点,学习成绩要好一点;每个人从家里带个小凳,做自己的功课,要抄或作弊,这时候是最方便。"小小班"的班长也没有办法。大家很快做完功课,就玩各自的游戏,女孩子玩得最多的是一种抛布袋翻麻将牌的游戏,在将小布袋抛起来的一刻,手要将桌上的几个麻将牌翻成一定的花样,再接住布袋;男孩子看小人书,这种小人书都是从弄堂口的小书摊上借来的,2分一本,这时候正好换着看;大概这种连环画都是小人看的,所以都会龌龊兮兮;牛皮纸的封皮,装订得很结实,重新用毛笔写了书名。有一种是蓝荧荧的画面,不是画出来的,是电影连环画,大多是一些故事片,对没有看过的电影,是一种很好的补偿。我看这种连环画多了,知道其中的一些技巧,比如,里面的人物对话,都是在画面里画个方框,标一个箭头,指向某人的嘴,里面的文字,便是这人的话;如果方框画成一团云似的,箭头指着这人的脑袋,里面的文字,便是这个人心里想的话。

天气冷了又热了。大家都盼望着每天有一些新鲜的事儿，呼吸一点新鲜的空气。于是，一伙一伙的成群结队，外出闲逛，沿着我们熟悉的弄堂和马路，穿过一个个小书摊、大饼摊、小菜场。生活得到了某种满足；还会有一些忐忑，甚至是大祸临头的感觉；同时，也在感受着自信或不自信。

老师承担着教育我们的责任。所以，老师在我们的心目中，比父母还要来得神圣。她们严厉，却不动辄打人骂人，而是说许多道理，用分数和评语来对我们的心理实行控制，用批评和表扬让我们对她们崇拜。我当然主要说的是女教师。在小学里，我对男教师毫无印象，除了体育老师，也就是会扯着嗓门喊"一二一"的男人。不管怎样，我从来都是带着异性的眼光来看待老师的。我从她们身上得出了我最初的"我是男孩"的感受，就像是为了证明"我是男孩"我要去打架一样。

因为这样，我免不了让女教师多操心一点，经常被教育一番,我在她的面前被强迫摊开手来,让她检查"卫生";女教师可以从一个孩子手上的"卫生不卫生",来判定是不是打过架。这使我相信女教师的眼光。我几乎相信女教师所有的判断。这女教师真的有她的想法。她几乎知道我们打架的套路,赤手空拳,被打翻在地,手上一抹黑,气急败坏,捡一块路边的石子或砖块;这手真的是一塌糊涂。从"学龄前儿童"那会儿,我的手便是龌龊的。女教师用她细软的手,捏着我的手,仔细端详。她叫得出我的名字,并且用一种特别动听的声音来叫。我喜欢听她的声音,喜欢被她捏着手。这是一个转折。我开始注意洗手。

在1966年之前,我们学校的生活是这样的。这个句式,是我从电影《列宁在1918》里学来的。那部电影我看过无数遍,每看一遍都会有一个新的感受。其中的某一遍,我忽然对片中的字幕产生兴趣。电影开始,沉重的音乐响起来,银幕上是俄国地图，然后黑色的阴影包围着，挤压着，将俄国挤压成一小块，周围分别标出了"英国""德国""捷克斯拉夫""哥萨克总领杜托夫""哥拉斯诺夫将军"的字样，他们包围着苏维埃，随后显出的字幕说："1918年的时候，我们俄国的地图是这样的……"音乐越来越激烈。

这个意象在那时很符合某种情景，象征着一个动荡的时代即将开始，但那时我毫不知觉。

我只觉得有趣。我面对充满智慧的女教师，已经习惯在风平浪静中和她讨论生活里有关"个人卫生"的问题。在"卫生"问题基本解决之后，我又被她对我提出的另一个问题搅得心烦。

在那时，我们充满好奇，特别是对外国人，我们总会觉得特别新奇。所以，马路上一出现外国人，我们忍不住要围上去看。女教师对此说了许多我们的不是。我现在找不出片言只语来说明她的对错。我只觉得我们当时的热情和无知超过了我们对世界的认知。我根本无法接受诸如"不礼貌"的批评。她教育我们不要围观外国人；上海北站地区，在那时是城市的一个重要门户。外国人进进出出，有"贵宾候车室"，我会在这里候着，看外国人的高鼻子和蓝眼睛。我不知道这和礼貌有什么关系。女教师便说，如果你在马路上走，其他人像围观大猩猩一样围着你看，你会觉得好受么？你认为这是对你热情呢还是无礼？但我坚持认为，我从来就没有把外国人当"大猩猩"。

有许多堂课，我们讨论着最初的养尊处优。她指出了我的一个缺点——我喜欢在马路上吃东西。"你知道一个人在马路上边走路边吃东西，是多么缺乏教养？这至少是一种不讲卫生的习惯。"

我真的很喜欢在马路上吃东西。从我学会花零钱买零食的那会儿，我就是这样的。我在马路上的小摊小烟纸店里买来的零食，我当然就在马路上消受掉了。我一路上吃甘蔗，吃盐津枣，吃盐水片，吃陈皮条，吃麻花，吃糖糕，吃冷饮……

女教师似乎让我信服。这也使她得到了满足。她一直使我有些忐忑不安。她也从此让我小心谨慎。我感受到了她的学识和教养，是我对她的温情的认同。有一年冬天，放学以后，她让我留下来，替她剪一些窗花的纸样。在那时，我们小学生里流行刻纸样，用刀片在各种各样的纸上刻各种各样的图案，再用另外的纸覆在上面，用铅笔涂抹，复制拷贝出来。我是这方面的"高手"。她拿来了一些"双喜"的纸样和鸳鸯什么的窗花，让我替她用红色的蜡光纸刻出来。

那天我们留在教室里做这些事儿。窗户都已经关紧了。夕阳的最后一道反光，也已经反射过了。那道反光曾经让我看到她的脖子后面及背处，有一块疮疤。我刻纸，天很冷，手有点僵。刀片捏不住，滑了一下。她过来，对我说，马上要到寒假了，这个寒假，她要结婚。

我说，结婚了，是不是就不能做我们的老师了？她说，这和做老师没有什么关系。她便拉过我的手。这一回她没有检查我的"卫生"，而是将我的手放进了她的上衣里面，让我焐焐手，暖一下。我的手可以触摸到她的毛衣，还有一件棉马甲。她又让我的手伸进棉马甲里。这里面更暖。我说，越到里面，越暖。这是我真实的感受。她便又撩开毛衣，那时候的人，穿毛衣都习惯将毛衣的下摆塞进裤腰里。她让我的手伸进毛衣的里面。我的一双手便像一对爬行动物似的，从她的毛衣下摆里爬进去。在一个部位，我停下了。我们的身子偎依得很紧。我的手很暖。我的身子，也很暖。

11

过年，是在冬天，每年的一个时辰；人胃口比较好的时候；大家都能吃。变着法儿弄来吃食，彼此吃来吃去，差不多有半个月的日子。从我对日子有了明确的记忆开始，便是这样的。到如今，还是这样。

在吃的花样里，年糕是一种。最普通的年糕，是白的，长条形，三根竖的三根横的，叠起来，粘起来，组成一个方形柱体。到家里，先要扳下来，不出几天，这年糕会硬得像木头一样，还生出白花花的霉点，便要浸在水里，到吃的时候，一家人轮流使着菜刀，将年糕从水里捞出来。很冷的天，手指是通红的，使劲切年糕；没劲了，便怪刀不快，年糕太硬。就在这个时候，弄堂里会适时地传来"削刀——磨剪刀"的吆喝。

全中国的磨刀人恐怕是一个模式，那便是肩上扛一条凳，上面有磨刀砖，只是吆喝声略有不同。等到样板戏《红灯记》风靡全国，里面的磨刀人的吆喝，才统一了全国磨刀人的吆喝："磨剪子来——锵菜刀！"

我在排队等候磨刀的时候，看见各家的菜刀、剪刀的不同之处。有的平头，有的尖头；有的粗犷，有的小巧。它们全在磨刀人的脚下一溜摆着。这种东西每户人家不会弄错。每个人家都有自己使惯了的家什。不轻易换；借了是一定要还的。一家人的整个日子和生计，在这些菜刀和剪刀上，都是有记认了。就像磨刀人的磨刀砖，都会有一个弧度，是长年累月的摩擦，消磨了世间的岁月。直到重新变得锐利，使得这日子重又变得风光，才有人会接过来。关于菜刀、剪刀，让我在这个过年的时候，愣着神儿。

切年糕的时候是不能愣神的。这切年糕最艰难的，是切到最后的一个头上，这年糕头是坚硬的，且短，手指已经不敢固定年糕了，再灵巧的手指，这时候也要缩手缩脚了，怕刀滑在手指头上。刀便在这坚硬的年糕头上滑来滑去，吃不着力，如果再愣神，手指头是要保不住的。

其实,年糕也没有什么特别的吃法,通常是做汤年糕,像下面条一样,放一些盐和味精,放几滴菜油,几片菜叶。稍许隆重点的、正式点的,是做黄芽菜肉丝炒年糕,全是因为有了肉,又因为是炒,所以多放了油。

过年的吃食里,还有一种是充满色彩和温暖气息的,那便是做蛋饺。打了鸡蛋,掺了水,和了馅,多半是碎肉,在煤炉上架一把平时用来舀汤的汤勺,滴上几滴油,或是用一块肉膘在汤勺里擦一下,舀一小调羹蛋液,汤勺在炉火上转一圈,蛋液结成了蛋皮儿,夹上馅,用筷子合上蛋皮儿,在结合处轻轻点几下,顺势转着汤勺,以仅剩的一点油水,将蛋饺煎着合拢,这便是一个半圆的蛋饺。它是一个整圆合拢为一个半圆,像一把量角器。一个个蛋饺放进边上的菜盆里。

当这一大盆蛋饺吃得差不多的时候,这年也过得差不多了。最后一点蛋饺被放进残存的汤里,那金黄色的蛋饺是这个年里的最后一点亮色。

女人在除夕夜里出去烫的头发,这时候已经蓬松了;我在大年初一穿上的新衣裳,也有了浊迹;如果我忘了过年,石库门里的响动会提醒我。过年有许多响动会提醒人——过年了,到渐渐清静下来的时候,这年是过去了。

石库门的房子里有一点响动,大家都听得见。所以,一般要响,就大家一起弄出些声响来。

过年的时候,这家在剁肉糜,那家也要弄出点声音来响应,在炒黄豆,哗哗啵啵地响;楼上人家要洗玻璃窗户,会有水滴落下来,便索性上上下下一起洗玻璃窗,一路上的水,滴滴答答下来,倒也是一种闹猛。水会发出很多声音:放水在铅桶里,第一下总归会冲击在铅桶底部,扑隆的一声,然后会渐渐地轻,水越是放上来,越轻,却是尖细起来。我对这样的声音是刻骨铭心的,因为我的家务劳动,主要是到下面的自来水龙头去拎水。大脚盆里洗衣服,洗被单,满满的一盆水要倒掉,人用力提起脚盆的一边,哗啦的水声,很是流畅。几次下来,晓得这家人家快洗得差不多了,便会有另外一家的人,将要洗的早饭饭碗,拿过去,候着,一边说道:"不急的,你慢点好了。"很有分寸的。如果是楼上人家这样洗,水落管里面的水从上面排下来,到了阴沟边会有水溅出来,每次提脚盆倒水的时候,就要对着下面水龙头边上的人关照一句:"楼下人家,放水啦!"石库门楼房晒台的楼梯都是空心的,即便是用木板钉死,也不严实,楼上楼下的人互相不照面,但都晓得各自的动静。楼下的人便将自己的脚从阴沟边挪开。在这个空当里,楼下的对上面人家说几句:"今朝休息啊?""放几天啦?"如果这两家正好有点不开心,彼此不说话的,这时候也会关照一句,不过就简略地叫一声:"放水啦!"后面搭讪的话,也没了。

我对着窗前晾衣服的竹竿动了许多脑筋。上海人对这种竹竿简称"晾杆"。我对晾杆很熟悉。也是因为几年以后,我被人起的绰号便是"晾杆"。我最早参与的家务劳动,是在大人晾衣物的时候,站过去帮着搭晾杆的一头。

晾杆是搭在外面的,下雨的时候,我趴在窗前,看那雨水淋在竹竿上。常年晾在外面,日晒雨淋,竹竿上开裂着一些缝隙,并且略微垂成个下弯的弧。便是这个弧,两边的水珠在两头慢慢朝竹竿的中间汇集,像两个孤独的人,走到一起来了;它们一汇合,两滴水合抱作一团,"吧哒"地就落下去了,很悲惨的样子,同归于尽。我有时候,把这两颗水珠看作是好人坏人,碰上了,打起来,同归于尽;有时候,想一个男人一个女人,碰上了,好起来,抱牢了,跳下去。

那些缝隙里会残存着雨水。我起先并不知道这里面会有水,我把竹竿转动一下,缝隙里的水便落下来,大晴天,淋得下面的人一头的水。后来我小心翼翼地转动起竹竿,那里面倒不一定有水。

我一直对这竹竿动着心思,是为了我的矿石收音机的天线,需要一根这样的竹竿撑起来。我们弄堂里的晒台上,有几根这样的天线,表明那几家的大孩子有矿石收音机,我都叫得出名儿。他们是我心目中最早的"科学家"。

矿石收音机其实很简单,一个单连,是选择电台的,它的正式名字叫"可变电容";一个两极管,也就是矿石管,它的正式名字叫"晶体管",因为没有放大功能和电源,便没有电阻电容,只需要很长的天线引来信号,通过晶体管作最小的放大和最简单的处理,再通过可变电容来选择电台,到了耳机里就是声音了。我曾经做过最简单的收音机,就是从天线上接收信号,通过两极管直接进入耳机,同样也可以收听,只是无法选择电台,套上耳机听一个电台。

那种低廉的矿石收音机使我感受到与世界的关系,并且是私密的。戴耳机的感觉很神秘。它使人联想到特务发电报,和地下党的"永不消失的电波"。使一个人必须安静。多半会是在深夜。它培养了一个人一声不吭、沉思默想的做派。中央人民广播电台和上海人民广播电台都会在这个时候播放一些节目。其实那时候听什么不是最重要的,关键是在听。在深夜和雨天,收音机的效果会更加好。我在那个时候学会了操纵一个旋钮,不受大气干扰和将其他杂音减小到最低程度来收听广播。

后来我的收音机从矿石机发展到单管、两管、四管、六管半导体,室外天线也不用了,在机内有磁棒天线装置,但必须转动着,有方向性;将半导体揣在口袋里,是最早的"随身听",很得意。但稍一转身,马上便会有杂音或啸叫,人的身子就必须保持一个姿态,很僵持的样子。听"说说唱唱"，是相声和独角戏，唱一些小调，说一些不三不四的话儿；"每周一歌"，当时外面在唱什么歌，里面就播放什么歌；"教唱革命歌曲"，许多革命歌曲永远不会忘记，因为是在电台里教的，一个人先唱一句，再说一声"唱——"，大家便跟着；我听到过体育比赛的实况转播，里面的人说得极快，企图跟上现场的比赛，让听的人就像在看比赛一样，但后来有了电视直播才知道，这是不可能的，总之说得再快，跟现场的比赛比起来，几乎是在瞎七搭八；那时候播天气预报还会有"记录速度"，让我一遍遍刻骨铭心的是：高压楔，低压槽，江南有一片雨区，毫巴，北方有一股冷空气正在扩散南下，它的前锋已经到达……逗号，冒号，句号；长篇小说连播《烈火金刚》——猫眼司令、猪头小队长，和"吧勾吧勾"的三八大盖的枪声；《欧阳海之歌》——欧阳海跟人下军棋，摆品字形地雷，我们叫"三角地雷"；新闻里多半是外国人访问和中国领导人到外国访问，要"设宴"，"应邀出席宴会的还有……"，我听上去是"硬要出席"，这人怎么可以这样厚脸皮，硬要出席？我百思不得其解。

一年四季的白天和黑夜，我从最初支在晒台上的天线，感受到"科学家"给我们带来的乐趣。男人女人的声音听上去都是些美男美女，也是我心目中完美的父亲和母亲的声音，男教师和女教师的声音。他们让我知道一些国家的全名，都是很庄重严肃的，"苏维埃社会主义共和国联盟"、"古巴人民共和国"、"老挝人民共和国"、"阿尔巴尼亚人民共和国"，等等。我比别的孩子更早知道刚果（布）和刚果（金）的区别，那都叫刚果，但一个首都是布拉柴维尔，另一个首都是金沙萨。我不大喜欢在广播里说话但不是广播电台里的人，他们被电台请来说一些他们自己的事儿，普通话明显不如电台里的人，却要对他们客客气气。他们是如今一些电台电视里谈话节目的嘉宾明星的先驱，可还是没有说好普通话。我还喜欢广播剧，几乎跟看电影一般，乒乒乓乓和稀里哗啦的声音，音乐中军队在开拔，马在嘶鸣，雷声和雨声。

我的矿石收音机后来渐渐被许多先进的半导体收音机替代，但所有的收音机都会有个听耳机的功能。后来的耳机越来越好，要么大，戴着不至于压迫耳朵；要么小，从上衣的口袋里拖出一根细线，有两个海绵球塞在耳朵里。

我得承认，在很早我就收听"敌台"，"莫斯科广播电台"的呼叫音乐是很悦耳的，很有穿透力，在中波的波段里就可以收到。当然，"美国之音"和英国"BBC"，有一阵也听，却不明白里面在说什么。

现在，我童年时代的耳机一直没有消失，它戴在了现在的青少年的耳朵上。他们戴着耳机的神情和我那时一样安静，沉思默想，有时候会稍许有些夸张的表情。他们与我听的完全不一样，却也是在用着全部的身心。某一天，我看到公园里某个老人，在理着一副耳机的连接线，我还以为那个半导体收音机是我的。

12

有一年夏天，我们家在别人不怎么发出响动的时候，弄出了许多响动，惹得隔壁人家都来了解情况。我家出了点事儿，是我的小姑要参加新疆建设兵团，那是"一颗红心，两种准备"里的一种。早就说好要做准备，可还是没准备好，到了要走的时候才做准备，要给她做些衣服，做个木箱。祖父请来了裁缝和木匠，他们就在我家干开了活儿。

裁缝是个年轻的女人，带着个吃奶的孩子，原本早请她了，可这女人刚死了丈夫，还戴着孝，不好进人的家，执意过了一个时辰。因为我家有缝纫机，她到底提了个布包裹来了，在饭桌上摊开来，里面有一瓶糨糊和一把竹刮片，大大小小的剪刀和粉饼。她很少说话，那孩子好像也很懂事儿，除了吃奶便是睡，很少哭闹，睡醒了，一个人躺在席上，看自己的小拳头，握起来，再松开来，两条腿蹬着，小人儿渐渐地往上移，头就顶着床板了。我便不时将他抱着挪回来。那女人看着，对我笑笑，依然坐在我家的缝纫机边，一双脚搁在缝纫机的踏板上，踩着，发出"哒哒哒"好听的声音。这声音使我对她产生了很好的印象，再加上裁缝自己穿得干干净净，一身蓝布罩衫很合身，这种合身连要喂孩子的两个乳房的大小也算进去了。这是裁缝最好的广告；看这模样，我都觉得这人的服装裁剪不会差到哪儿去。

她在吃饭的时候，先将孩子抱过来，撩开上衣，稍许背过一点身子，喂孩子。自己吃得不多。祖父特意做了鲫鱼汤，她吃的，很是感激祖父，说："程家伯伯，真好。"这女人让我觉得很温和，很善良，是个"聪明勤劳勇敢的中国人民"。女人吃过饭，让孩子睡了，自己用一下我家的马桶。放马桶的地方在床后，那儿用一块布帘隔着。她在里面很轻手轻脚，小便的声音是很细微的，在最后盖上马桶盖的时候，发出很轻的一声。都是很克制的。女人出来后洗了手，又坐回到缝纫机边上。我坐在地板上，看她踩缝纫机；她的脚很大，穿着布鞋，平稳地踩在踏板上，脚脖子这么上下扭动着；往上去，是小腿肚子，让我想起在弄堂口的过街楼下，皮匠摊边，女人脱了鞋的脚，脚趾扭动着，脚底与脚背摩擦着，颇舒适的样子；顺着小腿肚子，就是一条美妙的曲线，是通向上面的。

　　木匠的活儿是在晒台上做的。丁丁当当的斧凿声音把我从年轻女裁缝的身边引开。那儿放着一条长凳，板凳的一头，突出一截木楔，木匠把要刨平的木头放在上面，然后弯下腰，推动着刨子，发出"哧哧"的声音，那声音越是流畅，木匠便越是显得省力,那像绸条的刨花,在刨子里飞卷出来,落在板凳下。木匠推刨子的时候,手臂上的肌肉鼓起来,肩膀上的肌肉,也是很鼓的。他穿着红色的背心,上面印着"青年突击队"的字样,兴许是从农村来的。有部电影叫《我们村里的年轻人》,里面的年轻人也是穿这样的背心。

木匠说,村里没有木匠的活儿,就到上海来了。他的眼睛通红着,还眯着那眼,像瞄准射击一般。这木料,经了他的手出来,都变得出新了,白里透着木纹的线条;晒台上也发出一股好闻的木头清香,像水果的味道。

这人话多。木匠最能说话的时候,似乎是在使锤钉铁钉的时候,一边钉着,先轻轻剁几下,让钉子钉在一个固定的位置,再逐渐使劲,一记比一记用力,到钉子差不多都吃进木头里了,他狠劲地敲着,一边配合着劳动的声音,哇啦哇啦地说事儿。钉一颗钉子说一件事儿,很清晰的;我在后来看到一颗钉子,都可以记得在钉这颗钉子的时候,他说的是件什么事儿。要拉大锯了,便是他啰嗦唠叨胡乱闲扯的时候,不像敲钉子那样,一只钉子一桩事情。这让我想起,电影《地道战》里,民兵牛娃对挖地道想不通,队长高传宝就是在拉大锯的时候开导他的:"你想得很多,也想得很好,可你就没想到,黑风口的鬼子炮楼离咱高家庄才八里地,鬼子一天要来好几趟。"木匠便跟那传宝差不多,在说自己的事儿:他说他学习很努力,上过小学,在家的时候,每天看书看报;他觉得在自己的家庭里,他要比谁都进步,可出来一走,觉得自己什么都不是,就一个木匠。他跟我打听,叫我"哎,小孩",到上海什么地方坐什么公共汽车,过会儿却让我明白他其实已经知道该坐几路电车。我说,你知道干吗还跟我打听。他便笑道:"这是毛泽东思想的伟大胜利。"

木匠这箱子做得有些怪里怪气,像电影里农家的柜子。还有四条腿支着。祖父说是茶几。木匠辩解说实用,又当箱子又当桌。"农村是一个广阔的天地,在那里是可以大有作为的。"木匠说。我不知道那是说这箱子还是说我小姑。但祖父听出来这是毛主席的话,便不好多说什么。

木匠做了三天,在最后一天,他的眼睛犯病,红肿得睁不开,还因为用一种叫"香蕉水"的东西涂,刺激眼睛,让他直流眼泪。他做不下去了。祖父给他"青霉素"眼膏,他说没用。在他的家乡,是用女人的奶,滴几滴,就好了。我们家到哪儿去弄这女人的乳汁呢?木匠说:"不打紧的。本不应该让你们操心的。"木匠眼珠子转了几圈,好像还是有点难以启齿。

晚饭的时候,女裁缝先开口了:"你的眼睛要紧么?该治的。有个偏方,用女人的奶水,滴上,就好。""是的。是的。"木匠回话道。这两人用他们各自的家乡话,倒也听得明白。那女人便立起身,取了个小碗,到放马桶的地方,放下布帘。里面没什么声音。外面的人都捧着饭碗,不动筷。似乎都在想什么事儿。她出来了,手里的碗里有一些奶水,一调羹左右。女人站到木匠的身后,让木匠抬起头,自己给他的眼睛点上奶水。在那木匠眨巴着眼睛的时候,女人走出去了,自己洗了碗。回来的时候,我看着女人的胸口,那干净的蓝布罩衫的前胸上,有两摊水印。

木匠的眼睛在次日便好了。这偏方是管用的。"这是毛泽东思想的伟大胜利。"我对木匠说。木匠忽然便不多话了。到收工的时候,两个人都要跟我们分手了。这两个人却走到一起了。女人收拾自己的东西,一个包裹和孩子;木匠一手拎起自己的家什,一手替女人抱起了孩子。

我不知道他们能不能成为一家人。走出去的时候,看上去很像。

女裁缝的样子让我在很长时间里一直难以忘怀。后来有一部革命现代舞剧《沂蒙颂》,说的是一个叫英嫂的女人,用自己的奶水喂受伤的解放军战士。这英嫂就让我怀想起女裁缝,觉得这农村妇女心地就是好,她们用自己的奶水来喂养革命,喂养男人。我是男人,我要革命,以至于我在喝牛奶的时候,把这样的奶水都联系到革命的意义上来,也会自己跟自己嘀咕一句:"人民的乳汁"。这牛奶喝着,觉得营养更好。

我在以后的许多日子里,对她在我家用过的东西,都会怀有某种迷恋。她轻手轻脚地用马桶,坐着的时候,一定是并拢着双脚,一动不动;盖上盖子,也只发出很轻微的声音。我坐在这上面,就会想象她的样子,学她的样子。男人与女人坐在马桶上的样子,肯定会有不同。她用过的缝纫机,后来几乎没人再用过;因为小姑也走了。机头藏进台板里去了,明线和暗线都收掉了。女裁缝最后都清理得很到家,连四个抽斗放的东西都分得很清爽。我记得她还说过:"四斗机比两斗机好。"她把针线、零头布、剪刀和尺分别摆在三个抽斗里,另外一个抽斗放机油。

有些感受已经消失,但在我与女人接触的梦境里,依然会时常重现和组合,赋予各个时代各不相同的特征;过去的岁月已经上了底色,新的又画上了油彩,承载着生命特有的诗情画意。就像这个城市的四季,严寒和酷热都不会把我们的生活破坏,午饭和晚饭照样有得吃。经常吃得不好,使难得一顿好吃的,显得无可比拟的丰盈动人。女人便是这样经常进入我的梦境。对这样的感受,我不能说都是健康或快乐的,并且经常和眼下的生活两相隔开;这些感受就像是植物的根须,它必须是扎在土里的,不可轻易裸露。

男人最初对女人的感受是不由自主的,没有蓄意;在寂寞孤独中,所有的喜悦和痛苦就一个人承受。这成为一个习惯。在以后的许多日子里，当过去了的一个女人已不复存在，我却依然要保留着她对我的影响；让她和我在一起，度过一些时光，然后和后来的女人组合；我把她的优点保留下来，再与另外的女人的优点相加，形成一个优化组合；随着不断的这样将女人与女人优化组合，我会看到在我的身边有许多完美的女人。她们使我快乐。那真的是一种从来不曾经历过的别有意味的乐趣；每一次都会有新鲜的感受。

女裁缝便是我第一个认知的女人。她让我认定一个女人应该具备的优点——勤劳，聪明，刻苦，善良，克己，不事张扬，身体健康，以及身体曲线的性感，生育与哺乳。我保留着她的优点。她几乎满足了我在那时对一个女人所要求的所有基本底色。

13

木匠和女裁缝离开我家走了；他们一定是挤公共汽车走的。

那个年代的公共汽车，有许多特征，比如破旧，开起来轰隆隆地响，屁股后面冒黑烟；车上的玻璃窗，是用手把摇上摇下的，许多手把柄没有了，那窗便摇到上面快到顶的地方，留着一些空隙，还可以透气，但下雨的时候，也不至于让雨水打进来。那都是公交公司的人想好的。公交公司的人在公共汽车上想好的事儿还挺多的，比如售票员前面的窗户，一般都是摇上的，售票员不喜欢前面的窗户大开，她怕风吹进来吹掉她的纸币；但售票员自己会保管着一个手把柄，到一定的时候，还可以摇一下玻璃窗。售票员在车上的权力很大，就像她掌握着一个手把柄一样；她要提醒人给抱小孩的乘客让座，比如像女裁缝这样抱着孩子的，便会有人给她让座。大家都会说"谢谢"。车上的人彼此谢来谢去的事儿还有，在售票员和乘客之间，经常需要传递，售票员便会叫中间的乘客"摆渡"，传递零钱和车票。都做过这样的帮助别人和被别人帮助的事儿。这很好。这让我在很早的时候，便知道一个人做一点好事儿其实并不难。后来我从《毛主席语录》里学到这样一句话，觉得毛主席的话真对。毛主席还说："难的是一辈子只做好事，不做坏事。"并特意加了一句"这才是最难最难的呵"！我们都学过许多毛主席的话，一般毛主席是不大用这类"啊、呵"的感叹词儿的。可见感人至深。

公共汽车上的事儿也特别多。好人好事和坏人坏事都有。拾金不昧的和偷皮夹子的都有。这时候，售票员的权力也很大，捡了的钱要交给她，被偷了钱的要找她，她会决定立刻将车直接开到派出所去。在这之前，售票员会对着一车的人开导说："把皮夹子扔出来！"好像全部的人都是小偷。如果是晚上，她还会特意关一会儿车厢灯。这事儿真的很好玩，很像我们在电影里看到的好人捉坏人的情节。坏人就隐藏在我们之间。在以后的"阶级斗争"大风大浪里，这些情节经常在我脑海里重现。这是我最初受到的对敌斗争的教育。

售票员在车上的打扮都是一样的，都有个背包，但不是斜挎在肩上的，而是很少见的吊在脖子上搭在胸前的，便于取票和装钱。她们互相之间的称呼也很有特点，从来不叫名字，都是以工号相称。"8635，"那是售票员在叫搭班的驾驶员，"昨天我看到7394跟6757搭班了。"被叫作"8635"的驾驶员回答："7946，你跟6757搭过班么？他经常要跟我换班的。什么时候你跟6757搭一次班。"售票员便是这样以阿拉伯数字数落着自己的一个个同事，一边用一个票夹在一张很小的票子上打孔。

她的点票和数钱的动作来得飞快,在许多时候,她们将收钱、找钱、递票都压缩在一个连贯动作里,用要找的纸币将票和硬币包好,让"摆渡"的人传过去。

谁都作过"摆渡"和让人"摆渡"过。这已经成为习惯。在公共汽车上这样的习惯还有很多,也很有趣。在车上,有些语言是很简洁的,不在其中操练,是很难体味其中的底蕴的。买两张5分的车票,只要说"两5";三张4分的,说"三张4";更简洁的是递给售票员两毛钱,说"找5",售票员就递上三张5分的车票和5分的找头。而如果是在邻近终点上的车,最多也只要买5分的车票时,你递上一毛钱,说"一张";售票员绝对不会给你一张一毛的车票,一定是会找你5分的。大家心里都很清楚,已经没有一毛钱的票了,是心照不宣的。

还有些规矩是很通情达理的,让座位的站着,而坐下的抱小孩或年老体弱的乘客要下车了,这座位便要还给让座的。知道这样的习惯的人便是"老乘客"。"老乘客"经常会得到售票员的表扬。不知道这些习惯的,就会被售票员称之为"乡下人"。

吵架和打架,也是经常的。吵起来的原由,多半是为了拥挤,谁踩了谁的脚,被踩的就等踩人的打招呼;不打招呼,就说人家"眼睛瞎脱了"。踩了的就叫被踩的"去坐轿车"。当然是坐不起轿车的,但不坐轿车也不一定让人踩脚。便吵起来。吵到有人要下车了,是吵得最凶的时候,下车的人叫车上的人,"下来,你敢下来么?"车上的就叫下车的,"你别走,你有种就别走,你上来。"在大家不上不下的时候,车子开走了,彼此再留下几句恶毒的话,算是告别,也觉得自己是得胜了。这中间也会有人出来说几句劝架的话,都是中间派。完全相同的类似于这样的事儿,如果一个人先打了招呼,另一个人就说"不要紧",根本就吵不起来。有许多时候,人和人之间,陌生人之间,从客客气气到骂人打架，其实就是片刻之间。稍微有个转机，比如一个人先客气，大家便客气了；一个人先板起面孔，另一个人只好也板起面孔了。

14

我经常会在铺板上睡过去。我对铺板近乎于迷恋。几尺见方见长的木板，搁起来可以当桌，当床，那时候叫铺板，也叫"排门板"；家里有这样的木板几块，大热天搁在弄堂里，是一个大人家了。最早晓得的鬼故事，最早晓得的男女风流韵事，最早晓得的国家大事，都是在铺板上听来的。四国大战、24点、通关、上游、抽乌龟、大腊克、钓鱼、接龙……几乎所有的棋牌游戏，都是在这铺板上启蒙的。

铺板还是以男人搭男人睡为主，男人拎得动铺板。

现在我发现,在这个城市活下来的我,已经没有硬梆梆的铺板可睡。生命是一个软体。生活也在软化,物质也在变得柔和、精致、细巧。黄昏时分,耳闻对面人家有呼喊小孩的声音,是在叫孩子洗浴。这令我感觉悲哀。因为这声音对于我实在是极熟识的,如今已变得完全陌生。几十年来,便是这种声音,常常将我的灵魂带出弄堂,带到人声喧嚣的城市生活。那时候我像个小流氓,骑在弄堂口上街沿的红色消防水龙头上,那水龙头是硬邦邦的铁疙瘩,傲然挺立,纹丝不动。我啃着手指甲,眼睛滴溜乱转,打量着来来往往的人流,做着白日梦。

红卫兵串联的时候,也便是我蹲在皮匠边上看皮匠钉鞋掌的时候,金华来找我。因为学校停课,我们有好久不在一起了。金华看上去又大了点。像红卫兵。她穿白衬衣,头顶上一顶军帽。她说她要到外地去,临走要我跟她一起到照相馆拍一张照

"留念"。像许多先烈那样互相留有一张照片,背面写几个字儿。

到了照相馆,往里面探头探脑,看到有好看的布景和灯光,不由得紧张起来。照相馆里的人问我们,是不是拍毕业照。我们都没有毕业的经历,便逃出来;又不甘心,两个小脑袋凑在橱窗前,看里面的照片,这些照片都是有许多风景的。许多好看的地方,人到那儿,都站好了,拍下来。现在一下子都晓得了,原来都是有布景的。金华指着一张结婚照,悄悄对我说:

"过几天,我们两个人来拍。革命同学是可以拍在一起的。这里面是有爱情的。"

随后金华请我吃棒冰。我们俩面对面在马路边很快啃完手中的棒冰。她随手扔了棒冰棒头,头也不回就走了。

15

我的确曾经在马路上吃东西；吃的最多的，是冷饮。这使我对当时的冷饮价格，记忆犹新，那些数字多为双数：棒冰4分，雪糕8分，大雪糕1角2，紫雪糕1角4，小冰砖1角6，中冰砖4角，大冰砖7角6，比较例外的是一种叫简装冰砖的，1角9。那相当于一块中冰砖的一半；中冰砖经常会切开来，卖半块，切的时候也有讲究，对角切，更加平均。

公交车的终点站，有茶叶蛋的摊头，便有一堆蛋皮儿。大人也是这样的。像女教师这样有教养的，毕竟还不多。

零用钱除了买零食吃，用得最多的，是看电影。在我家老北站，有山西电影院和泰山电影院；在淮海路上，是"国泰"和"艺术剧场"。

我很早便注意到，上海的电影院，一般都是成双结对的，靠近在一起，比如北站的"山西"和"泰山"，四川路上的"永安"和"群众"，海宁路上的"国际"和"胜利"；还有"大光明"和"长江剧场"，"大上海"和"红旗"，"嵩山"和"淮海"——它们像两个兄弟，在同一个时候放相同的片子。

电影院是各有不同的。有的幕很大，台很大，场子也很大，比如"大光明"，灯光也特别好看，开映的时候，先熄了大灯，亮起蓝荧荧的霓虹灯；有的相对简陋，位子也是硬板凳的，翻起来的声音很响，一到散场，随着灯光大亮，一片噼里啪啦的声音；"国际"的场子特别狭长，一共有54排，而最边上的座位也就28座；有的小巧，像"胜利"，专门放"新闻记录电影"的电影院，场子很小，但座位还是软的，且有冷气；没有冷气的，会在进门处置一大筐，里面放了纸扇，检了票随便拣一把拿着;还有一家"东湖",在每个座位后面插一副眼镜,是看立体电影的;有时候看电影,会在中途看到片子像落雪花一般,窸窸窣窣的一阵,片子就跑到了尽头,随后出现一幅幻灯片,上书"跑片未到,请稍候"的字样,灯也亮了,先前平静的电影院便一片嗡嗡;这大多是在"紧张"的时候,人们谈论的,也大多是电影里的事儿。

一阵摩托车的声音,是跑片的车到了。快坐回自己的位子。

有电影看的日子,就像是过节。我去得最多的,是山西电影院。那是我家附近一家老旧的电影院,也是我特别会勾想的最早对电影艺术启蒙的地方,尽管我后来在电影艺术方面一无所成。它使我对黑白电影有了最初记忆,让我感受到了许多激动的情绪。我指的电影,是以"纪念抗日战争胜利二十周年电影汇映"为主,外加苏联的《攻克柏林》《斯大林格勒战役》《侦察员的功勋》《带枪的人》

《列宁在十月》《列宁在1918》,以及阿尔巴尼亚的《海岸风雷》《地下游击队》《宁死不屈》《创伤》《脚印》《广阔的地平线》,朝鲜电影《南江村的妇女》《鲜花盛开的村庄》《摘苹果的时候》《劳动家庭》《金姬和银姬的命运》《卖花姑娘》《看不见的战线》,还有内部电影《火山爆发》《多瑙河之波》,诸如此类。当然,还有几号几号的《新闻简报》。

在好几天前,我便将那电影票放在兜里,或者夹在家里五斗橱的台板玻璃底下,算计着看电影的时候,还可以有些零花钱来买一包丁香山楂或鱼皮花生;看电影的那天,如果没有什么事儿,会早早地到那电影院去。我曾经有过前一场电影还没进场就到了电影院门口的记录。看着他们先进场,很开心的样子,自己也并不失落,也很开心,满怀的希望都在后头;进场的人渐渐少了,估计是要开场了,门口的人也少了,我便去看电影院的海报、剧照、本月排片表或下月排片表；去逛电影院边上的小吃摊、水果摊，看炸臭豆腐干，刨甘蔗，剖文旦；看自行车的老太婆在打瞌睡，一排排自行车的龙头上，夹着寄放的凭证——一张小纸片；三轮车也在排队，等候着散场的客人。我会和一个三轮车工人熟识起来。那时候，有一个三轮车工人叫"程德旺"的，是劳动模范，我们学习的好榜样。我也姓"程"，所以我很喜欢三轮车工人，平时学校里要少先队员做好人好事，我便是选择到浙江路桥去帮三轮车工人推车子上桥。三轮车工人听我这么说着，会开心起来，他们大多数是苏北人，比较爽快，只要你对他们好，他们也会很客气的。三轮车工人便同意让我坐在三轮车上。头里的一辆拉客走了，后面的便要往前去，这几米的路程，就由我蹬着；我后来会踏黄鱼车，便是从那时就学会的。这样坐在三轮车上，时间便会耗得很快；我揣摩要散场了，就到电影院的边门口候着，电影要散场的时候，边门会先打开，从这边门望进去，还可以看到一些电影的片尾，像《地道战》的最后，高传宝一把揪过山田，旁白是"让我们欢呼胜利吧"。诸如此类。

等到我们的场子放进去的时候，我必定是第一个。冲进空荡荡的电影院，先找到自己的座位，坐一下，确定了视角和方位，再起身，要上一下厕所；便看见大人在看电影之前，都要在厕所里抽烟。这让我在后来学会抽烟后，也习惯这样在看电影之前必定要抽一支烟。电影票的票根是一定要放好的。经常会发生这样的事儿——你坐着，有人要你让开，说这是他的位子。这多半是楼上楼下搞错了，或双号单号搞错了。这便需要票根。总归找得到自己的位子的。那时候，看电影很投入，全身心的，从放映机的第一束光打到大幕上，大幕徐徐拉开开始，就集中注意力了。每一个细节，每一条对白，每一段音乐都是滴水不漏的。我喜欢这样一个人看电影，即便是后来谈恋爱，我也不喜欢跟人一起去看电影，总觉得这是我一个人的事儿，我和电影会发生许多事儿。我们之间的事儿，旁人永远无法理解，每一场电影从头至尾，我相信都会有些新鲜的东西。由此我也会经常重复看一部电影。我珍惜每一场电影。所以从来不会出现遗失电影票的事儿。即便我从来不遗失电影票，但我还是知道万一电影票遗失不至于影响看电影的办法。那便是在得到电影票后，就要记住自己的位子。这样万一电影票遗失了，我可以凭着我对座位号的记忆，让检票员相信我是拥有电影票的，她会放我进去，只要没人占着座位，我依然可以看电影，即便有人占着，我可以理直气壮地问："你票子是从哪儿来的？"我料定他说不清楚。当然，这样的事儿并没有发生。

　　我一直觉得，放电影是很有讲究的，比如第一束光先打在大幕上，再在这映画里拉开大幕，有一种好戏开场的意思；而结束的时候，片子还未全部结束，大幕已经在合上了，最后的"完"或"剧终"的字样，大多会落在大幕上，有一种意犹未尽的意韵。所以，我一直对"剧终"的字样刻骨铭心，在以后自己写电影剧本的时候，写到结束，这"剧终"两个字是少不了的。

电影结束，满脑子里还盘绕着"剧终"的事儿，懵懵懂懂的时候，随着人流出了"太平门"，便像到了一个另外的世界。进来的时候还是白天，这时候已经灯火阑珊；或者忽然在下雨，没带雨具而措手不及，在一片自行车、三轮车的车铃声里，人声纷乱，抬头望那灯光里的雨丝，线条一般地下滑，心底里满是惆怅和失落。

许多年以后，我离开上海闸北老北站地区，便再也没有到"山西"看过电影。后来，大量的日本电影进入我的视野，我特别对日本人对电影的叫法感兴趣。他们把电影称之为"映画"，拍电影的电影制片厂就叫"映画株式会社"。我以为在字面上很是准确。我便想起,当第一束光打在山西电影院的大幕上,再在这映画里拉开大幕的时候。

16

1965年的夏天,有一阵我住到淮海路的"芬金坊",那是我外婆家。我同样会在上午,从这条新式弄堂里出来。邻近的哈尔滨食品厂的奶油香味,飘了过来;我开始对金钱有了感觉。这种感觉最深刻的,便是觉得这生活里有许多美妙,比如这香味,都是跟钱有关的。哈尔滨食品厂的奶油蛋糕,真的好吃。不但好吃,还好看,好闻。"糖衣炮弹"也好,"香风毒雾"也好,都是要有钱的。

外婆是外公的大老婆,外公是资本家,平时住在不远的东湖路花园小洋房里。我母亲不让我到那里去,因为外婆不许我去。为此,我外婆以每天给我一毛钱作为补偿。我便每天揣着这一毛钱,在淮海路上,开始了我最初的城市时尚生活。我先拐到隔壁的"六一"儿童用品商店,看里面的玩具,最好是有人来买玩具,那便可以看营业员演示各种各样的玩具;看得差不多了,出来,往前走到陕西南路口的"公泰果品商店",冬天的时候我便来过,是糖炒栗子的香味,夏天,这里的水果都是最好的,特别多,像是永远卖不完,西瓜都堆到上街沿了。冷饮机"隆隆"响着,一个营业员手里拿着个水龙头似的东西,从里面放出来的不是自来水啊!是冰冻酸梅汤!这水龙头该有多神奇。这冰冻酸梅汤如何吃得完。这日子该有多美好。这钞票该是多要紧。

在这夏天,淮海路陕西南路口,在一片梧桐树阴下,一片湿漉漉的地面上,我站着,摸出我的一毛钱。我用八分钱,就可以喝一杯冰冻酸梅汤,也就是两根棒冰的代价,或一根雪糕。还多两分钱。

如果昨天也是这样的话,昨天的两分钱加上去,今天便可以再吃一根棒冰。如果再积累下去,那么这日子的感觉是,既有得吃和喝,还有得储蓄。遥想一个暑假下来,我在保持每天的吃喝之外,还可以得到一笔储蓄款。这样有钱可以算计的日子,真的很好。何况,在那时,一毛钱可以买很多东西。是一顿饭的菜金。而我却可以把它零花掉。这是一种奢侈。一毛钱真的可以买很多东西。我尝试过三天不用,那积蓄下来的,便是那时候普通人家一天的饭钱;我也试着喝一杯冰冻橘子水,外加一个4分的糖糕,那就可以在对面"上海食品商店"里的火车厢位置上坐下来,边吃边喝了,一边听见洒水车开过来,喷着水,还发出"哒——嘟——嘀——嘟"的鸣叫。

后来我祖父说,把人家的吃饭铜佃零用掉,便是"资产阶级生活方式"。祖父对"资产阶级生活方式"的诠释,其形象化之生动,准确度之高,几乎影响我的一生。后来我读马克思的《资本论》，难懂，就觉得祖父的"资产阶级生活方式论"，更加生动和富有想象力。

很长时间以来，我们这个城市的叙事，总离不开淮海路。我们的城市生活在淮海路的香风里，沾了许多光。当然有许多殖民的遗风，欧化的注解；从一条横弄堂的深处飘来一阵钢琴的声音——这是会弹钢琴的人在弹，不是琴童。我不由自主地站住了。大约有一个瞬间，我仿佛置身于已经遗忘的童年时光里。接着听到有人在我身边走过，打了个饱嗝，好像要把那琴声像树枝一样拗断。

一个警察在路上走着。不能说这个警察在逛马路，尽管看上去他和我一样，什么事情都没干。我很喜欢淮海路，几乎就和警察有关。这有点不近情理。在通往锦江饭店的茂名路口，这一带的交通警察指挥交通的手势都很规范，很有模样。许多年前,在一个夏天,人民警察的摩托车队按照命令在这里巡逻。这对于我是一次具有意义的经历。以至于我对那种警察三轮摩托车、开道车、总统车队护卫车有着长期的兴趣。

那年阿尔巴尼亚总理谢胡到上海访问,周总理陪同。我看到他们的车队走过淮海路的时候,警察的摩托车朝着同样的方向启程。

那天的天气很晴朗,蓝天上飘着彩色的气球,许多人列队在街沿,手持鲜花和小旗,没有鲜花和小旗的,便靠边靠后;往日来来往往的车辆,这时候都没了,空荡荡的淮海路,就看见警察的摩托车开来开去,像是很忙。"来了!来了!"人群中有人传话,人就伸长脖子,上街沿的人就要往下面移出去一些,背对马路脸朝群众的警察摊开双臂像赶小鸡似的把群众赶上去。等到看见开过来的还是警察的摩托车,大家就自觉回到了上街沿。这样要有几个来回。我第一次看清楚,警察戴的白色大盖帽,并不是原先以为的雪白的帽子，那白色的帽檐是套上去的，有的警察套得也并不挺刮，让我觉得很失望。但我不想回去，是基于围观外国人的习惯。不过我还是走到弄堂口，想看看弄堂里有没有人不围观外国人的，就听到歌声和欢呼声响起来了，我赶紧挤回我原先抢到的位置，看到警察的开道车先来，呈一个箭头的形状朝前，几辆黑色的轿车跟着。其中有一辆还插着两国的国旗。掌声也起来了，这是没有鲜花和小旗的人自发在拍手。

似乎要回应一下这自发的掌声，有一辆轿车的玻璃窗摇下来一些，里面伸出几根手指头，动了几下，作招手状；边上还有一个人的头影，往后仰，在作仰天大笑状。后来我在新闻纪录片里看到，这种动作是像周总理的。所以，我认定，这仰天大笑的，一定是周总理。

在少年的心目中，这一点很重要。我直到现在都觉得，这是重要的。在以后，中国发生的一切事情，都和周总理有关。而周总理，我是见过的。难道这不重要么？一个伟大的男人仰天大笑，那对于另一个男人来说是个很不错的兆头。我跟决定中国命运的人，在轻松愉快中完成了一次谋面。是淮海路，为我提供了这样一个机遇。

从此以后，我看见总理弯着他的右臂（当然是在电影电视里），友善地对待阿尔巴尼亚人、朝鲜人、越南人、巴基斯坦人、非洲人、美国人，以及他最后一次接待外宾罗马尼亚人时留下的那张著名的照片——总理侧着身子坐在沙发上，瘦的、弯曲的右臂膊搁在沙发扶手上——我都会从心底里产生敬意。这种敬意首先是基于我们曾经见过面。我一厢情愿地认定，我见到过总理，总理也见到过我；我们之间便有了某种联系。在中国发生的事情，以及后来发展到极端的事情，虽然很令人痛苦，但是原则上，也可以看作是正常发展过程中的曲折经历。我是个中国人，这一切与总理有关，与我也有关。

一个伟大的男人,便是这样进入到一个少年的心灵里去了。

17

太阳一点一点下去了。我爬上屋顶的时候,脚底下踩碎了两片瓦。我忽然感觉到了自己的体重;我终于觉出自己的成长。那是1967年的年末。

几天之前,我外公从这里跳了下去。"自绝于人民"了。我说过,我外公很少到淮海路的"芬金坊"来。他一般住在离这里不远的东湖路小花园洋房。但显然,小洋房的高度是不够的。他一个人到了这里,在四层楼上,跳下去了。

我以后几乎没有可能再来了。事实上,我在那个黄昏登上"芬金坊"的屋顶后,便再也没有进过"芬金坊"。外婆一家都被集中迁居到一条石库门弄堂的厢房里，跟我在老北站的家差不多。后来又各奔东西。直到"文革"结束后，发还外公的定息，我母亲一家才聚集起了几个人。

那天，在屋顶上，还是可以听到远处传来锣鼓声。间或，弄堂里又有人在放爆竹。邻近的哈尔滨食品厂，再也没有奶油巧克力的香味飘过来了。往常刮东南风，一阵一阵的，喂饱我的鼻子。即使隔得很远，还是可以感觉出日子里的甜蜜和营养。现在没有了。仔细去听那响起来的高升，先是一声"砰"，很响亮的，接下来该是"啪"！竖起耳朵等着，却迟迟没有，让人很是吊心。最后，自己嘴里发一声"啪"！算是交代过去。

心底里是空落落的。离开了淮海路。

革命发生了吵闹。轰轰烈烈。在我们这个城市，被褒扬为"浦江两岸红满天"。开始感受到文字的激越和快感。"黄浦江水在欢唱，东海扬波作和声"。这对我来说，是语言文字表述上的进步。

"旌旗""战鼓""号角""东风",是一些常用的词;红色是最常见的色彩,与此有关的形容词是"红彤彤""残阳如血"。开始有一些古典文学的知识,知道"赤"和"朱"与"红"通用,是因为有"赤卫队",学习了"朱门酒肉臭,路有冻死骨"的诗句;积累了一些古诗词的知识,全源自毛主席诗词;一些词牌名,"采桑子""减字木兰花""蝶恋花""忆秦娥""念奴娇""浣溪沙""清平乐""如梦令""沁园春",感觉仿佛都与女人有关;而"水调歌头""满江红""渔家傲""菩萨蛮""西江月",则是男人的事儿;"七绝""七律""十六字令",才是古代的。

这点古典文学的知识,全用来战斗了。骂帝修反,"小小寰球,有几只苍蝇碰壁,嗡嗡叫,几声凄厉,几声抽泣";表达革命壮志,"山,快马加鞭未下鞍,惊回首,离天三尺三";全国的形势,必定是"春风杨柳万千条,六亿神州尽舜尧";国际形势，便是"四海翻腾云水怒，五洲震荡风雷激"；春天了，"风雨送春归，飞雪迎春到"；冬天了，"梅花欢喜漫天雪，冻死苍蝇未足奇"；从什么地方到什么地方，"才饮长沙水，又食武昌鱼"；敌人很猖狂，就说"雪压冬云白絮飞，万花纷谢一时稀"；我们胜利了，就是"待到山花烂漫时，她在丛中笑"；孙悟空基本上等同于英雄，革命便是"金猴奋起千钧棒，玉宇澄清万里埃"；湖南省成立了"革命委员会"，就是"芙蓉国里尽朝晖"；江西一般都会"暮色苍茫看劲松，乱云飞渡仍从容"；在北方大多是"北国风光，千里冰封，万里雪飘。望长城内外，惟余莽莽；大河上下，顿失滔滔"；到了南方便"战士指看南粤，更加郁郁葱葱"；许多风景——"看万山红遍，层林尽染；漫江碧透，百舸争流。鹰击长空，鱼翔浅底，万类霜天竞自由。"颇具画面感和层次感。还有人名——"雾满龙冈千嶂暗，齐声唤，前头捉了张辉瓒"，谁知道张辉瓒是什么人,却就此也算名垂青史了;有人牺牲了,"为有牺牲多壮志,敢教日月换新天";共产主义理想一定要实现,可以说"太平世界,环球同此凉热";便连武斗,也引用"山下旌旗在望,山头鼓角相闻。敌军围困万千重,我自岿然不动";旧社会是"长夜难明赤县天,百年魔怪舞翩跹,人民五亿不团圆";解放了,是"一唱雄鸡天下白";有人作恶多端,"洒下人间都是怨";"今日长缨在手,何时缚住苍龙?"这"苍龙"指蒋介石,绳子都已经拿在手里了,用绳子将蒋介石捆起来的感觉,真的很爽。我甚至想象了一个细节——用麻绳,捆起来的时候打个死结。

还知道了一些典故——共工头触不周山的故事;一枕黄粱的故事;"黄鹤知何去?剩有游人处"的黄鹤楼;"战地黄花分外香"里的黄花是菊花;"三军过后尽开颜"里的"三军"不是陆海空三军,而是古代军队分的上中下或左中右,泛指整个军队;《西游记》里过火焰山的故事;月宫里的吴刚和嫦娥,桂花酒。

还有一些地理知识——"茫茫九派流中国,沉沉一线穿南北",长江的九条支流和京汉铁路;"龟蛇锁大江",是龟山和蛇山;"从汀州向长沙","广昌路上",记录了湘鄂赣闽的许多小县城;昆仑山脉的走势和分支。还有一些人物——历代帝王,"略输文采","稍逊风骚","只识弯弓射大雕";唐僧和孙悟空;西楚霸王;杨开慧同志和柳直荀同志,"杨柳轻扬直上重霄九";红三军军长黄公略;"华佗无奈小虫何";陶令和桃花源;曹操在秦皇岛北戴河边上留有"遗篇","俱往矣,数风流人物,还看今朝";柳亚子、郭沫若经常和毛主席写诗词,写来写去,毛主席在诗词里批评他们。

游泳成为一项时髦的带有政治色彩的运动,每年夏天的某一天,各地要组织军民横渡长江;明明是在游泳池里,墙上却书写着毛主席的话,号召大家"到江河湖海去","大风大浪并不可怕"。

天气渐渐热起来。即便是冬天也不是很冷。红色电波越过城市的街道,越过我们的岁月。它是中国生活的一部分;大热天。在高温里我还是穿着军装,已经被洗得发白;裤子上,在膝盖处,打上了厚实的补丁。这是用缝纫机打的,针脚严实,一圈一圈的。那种厚实是革命和朴实的真实感触。在这种忠诚里,还有许多物化的东西。这就是毛泽东像章。

毛泽东以他的大背头和下巴上的一颗痣,成为标识,做在各种铝制嵌珐琅上,后来有有机塑料的、陶瓷的、软塑料内充海绵的……在红军时代穿灰布军装、戴八角帽;延安时代是冬装,肥厚的棉军装;共和国以后是常见的标准像;"文革"开始是草绿的军装,大招手。正面的,侧面的。同时,与毛主席有关的革命圣地也上了纪念章,韶山,上海"一大"会址和南湖小船,井冈山,遵义会议，延安宝塔山，天安门。还有毛主席的语录，"为人民服务""千万不要忘记阶级斗争"之类；著名的"大海航行靠舵手"，会有一艘船，一个毛主席的头像，但在整个画面里，毛主席的头像是在船的前方还是后方，曾经出现争议，头像在船后的被认定是"反动"的，让毛主席跟在船的后面了。

佩戴毛主席像章可以表示自己的革命身份，"黑五类"是不能佩戴的；而毛主席时刻在革命者的心中，让所有的人以为神圣；后来，毛主席像章还有某种艺术和修饰的效果。周总理胸前的"为人民服务"像章，成为一个象征。他使毛主席像章恢复了庄重和严肃。毛主席像章就此走过了很长的胡乱瞎弄的时间。我开始关注像章的精致和艺术性。一些小头像是值得回味的。那是主席的脸。毛主席年轻时候有一种忧郁的美，那幅斯诺拍摄的照片，清癯的脸型，忧郁的目光，头顶上是红军的八角帽，上面的红星耀眼夺目。

红星照耀中国。

18

我在这个城市里晃悠。在我的身边,"革命是暴动,是一个阶级在推翻另一个阶级的暴烈的行动"。银幕上继续着战争,很原始的《地道战》《地雷战》《南征北战》;阿尔巴尼亚人也弄出个《伏击战》来凑热闹。捏着电影票,总要先问一句:"打么?""打的。"似乎只有打仗电影才叫电影。那时候还真这样想过——一部不打的电影从头到尾有什么好看的。捉特务电影当然例外,但到紧张的时候,也是要打一阵的。我区别电影好看不好看的标准,便是打还是不打,是经常打还是偶尔打,是有飞机大炮坦克打还是捉特务的手枪打,是游击队还是正规军,或者地方部队,我们甚至可以看出运动战、阵地战、阻击战、大兵团围剿和小部队穿插等不同战术,直至游戏一般的地道战、地雷战和麻雀战。是电影,就要打。从开头打到结束,是最好的电影,比如《南征北战》,先大踏步地后退,弄得跟里面的战士一样很压抑,然后就开打,从桃村大沙河阻击,再是摩天岭打增援,到凤凰山总攻开始,马上回头对付敌张军长,"收拾这个老冤家"——快速穿插占领将军庙车站,坚守,"我们的大部队马上就要来了!"我们很喜欢我军师长的一句话:"仗有得你们打,而且会越打越大。"这样的话还得带上四川口音,满心的舒坦。而像《兵临城下》《东进序曲》之类,感觉要打得结棍,但实际很少打,老是在谈判、策反、做工作,那时候就不知道"没有文化的军队是愚蠢的军队,而愚蠢的军队是不能战胜敌人的"。

更加天真的还有,看打仗电影的时候,脑子里却记着许多不搭界的细节,每次看每次记着,越记就越觉着搞笑：《地道战》里鬼子摸进村的时候，前两个伪军爬上了老百姓家的院墙，再来一个爬几次没爬上，就不爬了，每次我们就等着看这一幕，觉着乐；同样不搭界的细节还有，《南征北战》里骑兵进攻时，有一匹没人骑的马在镜头下方横着脱逃。此片的经典，还在于我军师团级军事会议上，师长的四川口音在分析敌情，"在华东战场上，我们的正面"怎么怎么，这时候，有一个声音说："看形势还是挺严重的。"那声音刮啦松脆，耳熟能详，顺着声音望过去，那个团级干部，拿着小本在记，一边说。就注意到这样一个没有姓名的角色，整部电影就这一句台词，不到两秒钟的镜头，扮演者居然是大名鼎鼎的孙道临。

我们还学习使用列宁的语言，并扩展到斯大林，斯维尔德洛夫，捷尔任斯基，瓦西里，克里姆林宫卫队长马特维耶夫，布哈林，克伦斯基，基里宁中尉，等等。

　　随时可以切入这样的语境。我站在窗口，有人便会对我说："弗拉基米尔·伊里奇，请你离开窗户。"那是《列宁在十月》里，从芬兰开往彼得堡的火车上，瓦西里对列宁说的。梳头的时候，用一把小木梳，先吹一下，"安静些，同志们。有什么可惊有什么可怕，有什么大惊小怪的。临时政府的先生们，你们的使命已经结束了，从现在起，直到永远。"这是马特维耶夫的标志性动作，熟悉他的《列宁在十月》《列宁在1918》的人都知道。他还是我们打架时候的精神领袖。那是他打进敌人的内部，在一所房子里的表演；我们学着："我提议，把尼古拉大门也打开。"说着，做一个穿插的手势，绕几个弯。另一个人说："不用了。"提议者马特维耶夫的手还得原路绕回来。后来他听说要杀列宁，便沉不住气了，一个人打好几个，最后往窗口上一站，敌人在背后打枪，随后，我们大家都跟着喊:"瓦西里!"那声音必须是瓮声瓮气的。卫队长马特维耶夫的事儿还没完。他对瓦西里说:"快去救列宁。"可把最要紧的事儿告诉了内奸:"托洛斯基,布哈林,他们是叛徒。"还没完。我们最崇拜的人——捷尔任斯基出场了,那是我们经常模仿的人物。"看着我的眼睛。"然后是咳嗽,忽然抬起脸,"你看着我的眼睛!卫队长马特维耶夫死前说了些什么?""好像世界革命万岁。"这个回答后来就用在课堂上对付老师了,无论什么问题,答不上来就说:"好像世界革命万岁。"

如果有人批评一些孩子,我们就跟着说:"小人暴动真可怕。"那是布哈林的语言。

谁生病了,躺在床上,就胡乱喊:"娜佳,你过来呀,过来呀。"列宁受伤躺在床上,便是这样喊他老婆的。去看生病的人,都会说一句:"他吐血了。"还得把那个"吐"字念成第四声,去声。把个生病的气得半死。当然,生病的同学回来了,看见他吃东西了,挺高兴的,就说:"咽东西——已经没有痛苦啦!"

在那时,这是一种很有文化的生活。没有这样一段文化生活经历的人,根本无法体会到其中的乐趣。这是一些文艺青年、文学青年的雏形。我们对艺术的感悟,便是从那会儿开始的。我们对语言的敏感,对艺术的理解,全集聚在这些台词里。没有什么被遗留在记忆的外面。有许多时候,事隔多年,突然间无端浮现出某些片段的画面,街景,面部表情,对话,一个人物的无以名状的眼神……这是我原先想拍的一部电影,想写的一部小说,是色彩斑驳的;我后来加以实现,或没有实现,这都是无关紧要的。但在此,我们同处已久。这是一种召唤。几十年来,它们出现在我起伏不定的生活里和难以琢磨的记忆中;有时是苍白的,颜色褪尽,支离破碎,未能化为蓝图,幽灵一般无言,在寂静中出现又消失,仿佛被现实的热烈或冷酷所激发,所吞没。

19

"索嘎!"碰上棘手的事情,我学着日本人的语气。我到现在还是这样。后来我从别人那儿知道,这是一句日语里的粗话,类似我们这儿的"他妈的"。

我们对抗日战争电影里的日本鬼子特别来劲。《平原游击队》的松井大队长是个典型。"索嘎!"便是他在碰上棘手事的时候一定要发出的声音。这人的表演生动,一把指挥刀捏在手里,抽出一半,随即将这抽出的一半又插回去,"烧死他!"他用生硬的中国话说。

抗日战争的电影并不都是像玩一样,也不都是日本鬼子的凶残。我们有《论持久战》。这是我第一回比较认真阅读的毛主席著作。漂亮的林霞嫂起头；当时，老村长高老忠眼不好使，便对妇救会长林霞说："霞，你把这段给大伙念念。"林霞就接过毛主席的书，凑着小油灯，念道："动员了全国的老百姓……"然后有个漂亮的女声唱道："太阳出来照四方，革命人民有了主张……"按照电影剧本的写法，这时候应该是这样的——

歌声中：一盏灯；清晨，传宝推开门，太阳升起；（摇镜头）展现太阳照耀下的小河，小石桥；传宝画地道图纸；群众挖地道……

歌声毕，渐隐，淡出。

更容易感动我的，还有那些美丽的女人，以及在女人身上体现出来的勇敢和坚定。类似于将自己的乳汁奉献给解放军战士的英嫂，就像将自己的乳汁奉献给小木匠的女裁缝一样。她们感动我的一生。在电影《苦菜花》里，有个叫星梅的女人将这一切演绎到极致。或者说有一个叫袁霞的女人将一个叫星梅的女人演绎成我一生的偶像。星梅的出现，使我的注意力由原先的妇救会长林霞转向了她。她们像女裁缝一样，是一些中国乡村女子的形象，但在艺术感染力上，极度超越女裁缝，让我感受到更多的艺术生活和英雄主义气质。同星梅在一起的还有杨雅琴扮演的娟子。娟子一家有许多兄弟姐妹，德刚、德强什么的，娟子自己跟民兵队长姜永泉好上了，而她的参加八路军的哥哥德刚在部队跟星梅结婚。星梅在娟子家，并不知道眼前的这一家老百姓跟她的关系。有一天，部队传来消息，德刚牺牲了，他在部队上的名字叫"纪铁功"，很怪的。反正我对谁跟星梅好上了都没有什么好感。星梅强忍悲痛，一个人进屋，推着织布机，母亲进来，想安慰她，星梅坚强着，却也在流泪，奋力地推着织布机。这个劳动的姿态很美，很具寓意——她讲述英雄的故事，母亲在边上为一个女人抹泪。镜头一转，另一个场景，星梅说起她的男人还有另外一个名字，母亲问："他叫什么？"星梅答："德刚。"一阵音乐猛然响起,像一把刀子扎在人的心上。母亲默默离开。这一回轮到星梅进屋去看了,母亲在推织布机,"咔嚓咔嚓"的,母亲在流泪。那台织布机和那个劳动的姿态,几乎是个经典,一个永恒。星梅一声:"妈!"这星梅叫着,催人泪下。

演母亲的演员叫曲云,她的经典演出便是这个母亲,剧照都是这样的画面:母亲身披山东人穿的黑棉袄,持一杆土枪,枪口略略垂下,想是一个母亲有点举不动了,她刚刚亲手打死了汉奸王柬之,脸上露出一丝宽慰的笑意。

那黑白电影画面通篇有一种苦涩,就像片名《苦菜花》,即便是爱情,也是生离死别的。就有女人的歌声,很是尖利和嘹亮,高亢入云:"苦菜花儿开,遍地香啊,根据地的人民,打胜仗啊;苦菜呀花开呀,遍呀么遍地香啊……"歌声中,星梅挑着担子,走在头里……

那音乐形象很符合星梅。对了，星梅姓赵。赵星梅让我从此对所有民兵队长，区小队、县大队和武工队的队长，与妇救会长们的爱情生活寄予厚望。如果想要得到这样美丽的爱情，做个队长是必须的。我相信这些在革命工作和战斗中发生的美丽爱情故事。前面会有许多爱情故事在等着我；但我必须是一个队长，或者更大，比如203首长，身边就会有一个叫白茹的卫生员，为首长痴迷。

《林海雪原》里的爱情比《苦菜花》更加细腻和复杂，一个女兵对首长的迷恋，让我感动得要命。当然，漂亮的女兵总归会有人喜欢的。203首长为她写诗，我都工工整整地抄录下来："万马军中一小丫……"

远处有一个女人在挑担，在织布，她是星梅。后来她又在《永不消失的电波》里做了地下工作者的老婆。他们搞革命的都喜欢这样漂亮的女人。我喜欢漂亮的女人，所以我也要搞革命。我在那个时候便打定主意。哪怕是最后牺牲了,也一定要让星梅为了我,再一次坐到那台织布机旁,"咔嚓咔嚓"地来几下。

城市的夏季,印象总是鲜艳和明丽。这和音乐有关,它给生活染上了激越的色彩。说是京剧曲调,却已经不是古老的哼哼啊啊。

"咱们想一想,提前烧窑对不对……"这大白话似的词儿,却可以唱得委婉悠然,意味深长,这唱腔叫"慢二六";还有"西皮原板":"手捧宝书满心暖,一轮红日照胸间。毫不利己破私念,专门利人公在先。有私念,近在咫尺人隔远;立公字,遥距天涯心相连。读宝书,耳边如闻党召唤,似战鼓催征人,快马加鞭。"然后剧本上写着——

彩云万朵,霞光四射。

群情激昂。

这些唱词的韵脚,舞台调度的艺术,灯光的艺术,都开始进入我的视野。还有《细读了全会公报》,一个四方脸的女人,脖子上搭着毛巾,在唱:细读了全会公报……我们都已经习惯读报,也就接受了她用"二黄导板"来读报。我琢磨出这脖子上的毛巾,有着很深的寓意,这是劳动的象征,又会在某个时候拿下来甩几下,表示休息;而在教育后进青年韩小强的时候,又可以用来给小韩擦汗,表示对革命同志的关怀。

最典型的,是那句《红灯记》的唱词:"临行喝妈一碗酒,浑身是胆雄赳赳……啦来嘟……"这句过门——啦来嘟,在全民共唱样板戏的年月里成为经典。不管是独唱、合唱,大家都会很自然地拖出这么一句"啦来嘟"。后来我留意到,在京剧里,李玉和唱到这里,其实并没有这样一句过门,而是直接进入到下句"鸠山设宴跟我交朋友",但全国的老百姓认为有,大家的这点音乐细胞,在这个时候,在这个旋律里,通过这个过门,充分体现了出来。就应该有。所以,在根据京剧《红灯记》改编的钢琴伴唱《红灯记》里,钢琴家殷诚忠以他华丽的指法,将"啦来嘟"固定了下来。

我就是在这"啦来嘟"的唱腔里,1969年的夏末初秋,雄赳赳地进入到中学的校门。

20

复课了。我们有了"学生证",贴上了自己有生以来第一张证件照,个个都像要被枪毙的犯人,呆滞的眼光,愣愣的,新剃的头,衬衫的钮扣一直扣到最上面的一粒。

凭着这学生证,上学进校门;还可以凭学生证借篮球、足球、羽毛球和乒乓球的球拍。学生证放在自己的第一只塑料票夹子里,有一面是透明的,出示的时候就把票夹抽出来;可以看见里面还有几角纸币,电影票的票根,样板戏图案的年历片。有一串钥匙,都挂在钥匙圈上,"倾倾匡匡"地吊在裤带上，上面还有汽水扳头，是各种各样形状的，也有指甲钳、小洋刀、折叠式的旅行剪刀；女孩子还会有一个用玻璃丝带编起来的小金鱼什么的——这些是当时一个青春少年最时尚的物件。它们就时常在我们的手中摆弄；男孩子将拴在裤带上的钥匙圈链子捏在手中，摇晃着，转着；伸出食指，链子就缠在一根食指上了。

新发的语文课本里，是"两报一刊"社论，是毛主席的著作《别了，司徒雷登》，古文是《叶公好龙》，因为毛主席《湖南农民运动考察报告》引用过；毛主席诗词，让我过去迷迷糊糊的理解得以确认；钢笔正楷字帖都是抄样板戏的唱词；英语课本的第一句是马克思的话："外国语是人生斗争的一门武器。"就从"LONG LIVE……""A LONG LONG LIFE TO……"开始，全是口号；"我们是毛主席的红卫兵，毛主席是我们的红司令"这样的英文句子，到现在出口便是，现在的外语高才生听我说这样的句子，也得辨别好一会儿。数学的应用题，是要我们计算："向阳小学的同学参加学农，上午锄了5亩4分地，下午是上午的1倍多2分，他们全天共锄了多少地？"诸如此类。几何题比较有趣，椭圆形，让我们用圆规画农民拉大粪的车，弧与弧的连接，而三角形是战斗机的机翼；化学课，让我们配农药，到最后都要加入H_2O，也就是水；物理老师老是要给我们说手扶拖拉机的传动皮带轮，还把一大堆电线和几个灯泡连接起来，他把电线说成"导线"，说"串联""并联"什么的，比较学术。

卫生老师教我们包扎创伤口，特别是头部的包扎，很见难度；骨折后的固定，没有木板用树枝也行；我们便互相用纱布包头，贴橡皮膏，贴成"井"字；她还教我们打金针，那时候叫"新针疗法"，在黑板上挂一幅人体穴位图，是赤裸裸的；我们都有把这词儿念"赤果果"的经历；人体图上标了斑点,都是好扎针的地方,看着让人感到到处生疼;她最经典的句式是:"我们,比如说,大人养小孩的时候……"她说了半天,我们也没听清楚大人养小孩究竟是怎么一回事儿。自己琢磨。苦思冥想。那时候,我们在接受男女生理结构的不同变化。男孩的嗓子在变粗,但先会变细,变尖;女孩的身体则大得很快,先是屁股大了起来,胸部也大了起来。一定是发生了什么。

"我们,比如说,大人养小孩的时候……"这声音老是在我耳畔嘀咕。我一边注意身边女孩的变化,一边注意自己身体正在发生的变化。潜心研究,悉心揣摩。

那个夏日,还是有男人在铺板上赤膊,是一种阳刚;女人多是在躺椅竹榻上,打一个瞌睡,一边当心拉好睡裙,两腿并并拢,扇子便搭在了前胸口。

女人有没拉好裙角的时候,有两腿分开的时

候；扇子从前胸口滑落下来，露出雪白的胸脯。我认得了，那便是女人。一个小男人趴在铺板上看女人，像是远道而来，喘息不定，是倏忽之感；铺板嫌凉的时候，是梦醒时分。

终于有变化了。在最初的青春跃动的节律里，我感受到对异性的幻想带来的极度快感。那本《赤脚医生手册》，伴随我进入青春发育时光。

21

我的身子在拔高，长得瘦。由于瘦，所以自卑。他们叫我"晾竿"。我在那时候总有一种感觉，瘦的孩子往往被人认为身体有"内耗"，在发育的时候，为了什么而不断消耗自己体内的精气。为了什么，我自己很清楚。我按照书上说的，"把精力放在学习上"，"不睡懒觉，被褥不要过于松软"，云云。注意体育锻炼。

学习的事儿并没有让我多费心思。我们开始了军事化或准军事化的生活。原先的班级被称为"排",年级为"连",一个学校的红卫兵基本有一个团的兵力。红卫兵是一茬一茬的,像割韭菜。我们进中学的时候,69届中学毕业,"一片红",都"割"下来,放到农村去,到边疆去,到祖国最需要的地方去。

瘦弱让我开始觉得孤独。周围都是些肌肉发达的家伙;或者说,肌肉发达的家伙在这个时候经常出现在外面,都在我的视线里。在弄堂口,站着跟我差不多的中学生,或者再大一点的,一个个在举杠铃。举法很多,有一般的挺举、抓举,还有仰面躺在一条长凳上举着;还有各式各样的组合,跟哑铃、拉簧、俯卧撑配合。他们都穿着运动衣裤;杠铃放下来的时候,会发出一声"匡啷"。然后,练过身体的人,就立在一旁,用一只手抚摩自己的胸大肌,上身略微倾斜。这个姿势后来几乎成为一个经典，都是身体比较"结棍"的"模子"的习惯动作，并且"抚摩"也变成一手护着胸大肌的动作。当然，后来不怎么"结棍"的，也会这么来一下。这是这个时代青少年的自信心的表达。现在五六十岁上下的男人，偶尔还会不经意地出现这样的"抚摩"胸大肌的动作。看到这样的情景，我总觉得，好像在那时候，我们在某个弄堂口见过。

这份"大模子"的幻想，最实在的表现，是让我感觉到胃口好，饭量增加；粮票开始显得重要，甚至比钞票还要重要。零花钱由先前的买零食改为买点心，4分一只糖糕，半两粮票；同样4分的，1两粮票可以吃一只甜大饼。从充饥的角度来看，可以吃到1两的粮食，应该是吃大饼合算。而8分，加2两粮票，就可以吃一碗阳春面，汤汤水水的，感觉比两只大饼要饱。如果没有粮票，要想吃到面制品，可以多花几分钱，1角2分一块的压缩饼干是最合算的，主要是不要粮票。

压缩饼干的包装很有特点,一块一块的用纸包着,叠起来是一盒,一盒一盒叠起来是一箱,是一种墨绿色的箱子。看上去像是军用品,可以想象,打仗的时候,就是用军用卡车送到前线去的。打仗的时候吃的,怎么好收粮票呢?听人说,吃压缩饼干最好是就着开水,到了肚子里压缩的就膨胀开来,感觉就饱了。我吃的时候根本来不及就开水,几口咬着,脑子里想着的字眼是"啃",眼皮忽闪几下,便下了肚。

吃饱以后,感觉肌肉就滋滋地长出来。

有一个词儿开始流行——"拉练"。这源自中央文件里的某个领导的一句话:"千里战备,野营拉练"。全国军民便开始了大规模的野营拉练。我们先学会用背包带将一条4斤的棉被打成一个方块形状,背包带呈"井"字形,再配备一个水壶,一个挎包,交叉地背在身上,用一根武装带在腰际一束,便是一个军人的装束了。一个军人的灵感便这样产生。也许从中央到地方都产生了这样的灵感。这事儿距今近五十年。那时还要疏散城市人口。

那年冬天,城市的每个区域,隔天就有几个中学组成一个"团",出发了。嘹亮的歌声响彻市郊乡村大地。野营拉练的部队在出入市区的时候会迈着整齐的步伐,间或,有通讯员骑着自行车来回传达命令。宣传队在路边打竹板:"同学们,快点走,前面就是……"这竹板词儿是从电影《突破乌江》里搬来的,原来是:"同志们,快点走,前面就是乌江口。"这样的表演叫人觉得好玩。

还有更好玩的,到了郊区,大片的田野,有几个农民的身影。他们在干农活,一看见"野营部队",便一个个支着手中的农具,在田里张望,他们站在空旷的田野里,男男女女的头上都包着一条毛巾,说着话儿,声音在灰色的天空下回荡。这便是老百姓了。他们看我们;我们也看他们。很快,我们的队伍里就唱了起来:"贫下中农同志们,你们好;抓革命促生产,你们辛苦了;你们无限忠于毛主席,是我们学习的好榜样,嘿,好榜样!"

往往在这个当口,便有"空袭"警报传来,通讯员飞骑赶到,一路高呼:"空袭警报,赶快隐蔽!"大家都就地卧倒,不管是在泥地还是马路上。这种纪律可以说是严明的。田野里的老百姓这时候都看得明白。"整齐来啰。"他们用本地话赞叹道。

还有更严明的纪律,那便是宿营在老乡的家里,还装模作样地给人家挑水,扫地,借老乡的针来挑脚上的泡,是一定要归还的。"不拿群众一针一线。"这样的,要有将近一个月的时间,我们在上海郊外绕大半个圈。回来的时候,我觉得自己是个真正的军人了。

许多年以后,当年我们野营拉练的地方,都已经成为城市的新住宅区。我当年的日记,记载着拉练行军的路线：顾村、南翔、方泰、祝桥、罗店、月浦。

22

袁惠芬比我大一届，1972年，她中学毕业。她要离开学校了。她使我第一次真正感到一种离别的忧伤。她的离去让我感到从此学校少了许多色彩，上学少了许多乐趣。

袁惠芬是我们中学红卫兵团长。她在整个学校里是最容易被发现的，我当然发现了她，被她深深吸引了。我有理由相信，袁惠芬对我的一生都有影响。这种迷恋的、近乎病态的爱情，是我青春发育的一个特征。在学校里，曾经有某个地方，一段楼梯，一棵树下，讲坛边上，厕所门口……我们深深地凝视。我现在回到我的中学母校附近，还是可以在任何一个地方，回忆起她的面容。时隔四十余年,那一幕又会被再次经历。

袁惠芬的脸很瘦,很白,眼睛很大,很黑,每当开大会的时候,她都要坐在台上,很端正的样子,像在心里边鼓动着暴风雨。其实她开大会的时候也说不上什么,至多是到最后领唱一首歌;她很认真地唱着,却是句句走音的。大家哈哈笑起来,她还是很严肃认真地领唱,一点也不觉着好笑,弄得我们跟唱的,都不知不觉地跑调。这是一种素质。

我在所有可能与她共处的场合里,搜索她的目光。故意从她的教室门口走过;到红卫兵团的办公室去要粉笔,看见她在推油印机的滚子;我后来便学写那种印刷仿宋体的字儿,一笔一画,像刻钢板;我们有过许多相视,所以我们应该是相识的。我以为便是这样,我已经讨得了这个比我大一届女生的眼睛的欢心。我开始懂得了,男人必须先要讨得女人眼睛的欢心。我研究过自己的容貌,觉得自己并不是很出众,那么,在赢得女人欢心方面,男人一定有比容貌更要紧的东西。比如,有点怪异。这是我快乐的时候用心慢慢咀嚼的欢愉。让我流泪,让我笑。现实一直在困扰着我。她是那么遥远。我只好在远处喜欢她,仰慕她;她高高在上,我们彼此没有对话。她明亮的眼睛在追求真理,看上去令人畏惧。她好像总是忙碌着,为自己的事儿骄傲地微笑。对我看一眼的时候,像"望野眼"一般。

1972年夏天,她在我们学校附近的弄堂里消失。这个时期,中学毕业的分配就业政策不再是上山下乡"一片红"了,有许多新的规定,对于多子女的人家,老大基本是务农。如果去的是外地农村,叫"外农";去市郊务农,就叫作"市农"。这样,下面的老二便铸就了"硬档"城市工矿的身份——"市工"。再接下来的兄弟就是"市农"了,农民过后是工人,但这个工人阶级就不硬了,就不是"市工",而是外地工矿——"外工"。刚开始老是听成"外公",一家人家怎么可以有两三个外公?

当然也有不走这个程序的。因病因父母之命因个人的某种原因等等,兄弟之间也有内部调配农工交换,该当农民的做了工人。我不知道袁惠芬的家庭情况,只得揣摩并且关注。按照她的一贯做法,她是会表决心表忠心的,到祖国最需要的地方去。

在那个傍晚,我看见她走出了学校门,便随后跟着。我和她保持着一定的距离,看着她过马路,我在穿马路的时候,心里很是紧张。我忽然想到一个词儿"盯梢"。是那个年代说坏男人追逐女人的普遍说法。这样想着,心里便很难过。看着袁惠芬在一片无花果的树丛里,钻进了一排平房,有个小院子,围着栏栅,种着一串红。她进去了。没有再出来。我只听到我的身边,一家里弄加工厂的窗口,一台电风扇在转,在摇头,发出"嗡嗡"的声音。空气里都是"嗡嗡"的声音。我小心翼翼地走近这所平房。我能清楚地感受到刚才她留下的气息,她的足印。我走过去的脚步都是按照她的步履来跨出的。

我在这个小院子里,没看到她的身影。有几个门。我无法确定她是哪一家,甚至我都怀疑这是不是她的家。也许她是路过一个同学或朋友的家顺便进去了。有一户人家传出大人打孩子的声音。孩子在哭,音调很高。这很煞风景,让我感到误入歧途。但我还是不愿轻易退出来。我真正渴望接近袁惠芬已经很久了,好不容易我走近了。我便在这个小院里兜了一圈。我一个人自始至终站在院子里,注视着晾着的一件裤衩上的一个破洞眼。

"袁惠芬!"我终于大叫了一声。有人从窗户里探出头来,满脸狐疑地望着我,问我:"你叫啥人啊?这里没有叫这个名字的人。"

在我意识遥远的尽头,永远无法揭开这个谜。

这个小院的模样,我现在一点都回忆不起来。我从此再也没有见过袁惠芬。

以后许多年的夏天,我听见这样的电风扇的"嗡嗡"声。我能够认出这是一种叫"华生"的牌子,漆成淡蓝或湖绿色。它们转动起来,摇着头,便会发出这种"嗡嗡"的声音。我时常对着这样的"华生"电风扇发愣,看着它摇头,并且小心翼翼地、怜爱地、不可救药地,以一种细致入微的方式,与袁惠芬会面。这是一种无法解释的单相思。我会忍不住用指尖去触动飞转的电风扇的叶片,又缩回来。这种想伸进去又怕又缩回来的形态,是我对袁惠芬的心境的真实写照。我用我的手指在自己的手心里写一个"袁"字,一边数着笔画。我可以找到许多我和她的相同之处,比如,我们的姓氏笔画都是双数。她便是这样来影响我的一生的——我对所有"袁"姓的人都有好感;对所有叫"惠芬"的女人都有某种美妙的联想;我对一个人的好坏的判断先是数他姓氏笔画是不是双数;我对美女的标准就看这个女人的脸跟袁惠芬有多少相像。

每年夏天出现一次。白昼的阳光与色彩与我一起颤抖。

23

鲁迅有篇文章写道,在他的窗前可以看到两棵树,"一棵是枣树,另一棵也是枣树"。语文老师说,这样重复写两棵枣树,是一种很高明的文字技巧,用以表现单调和沉闷的心境。我曾经也尝试这样的写法,说在我家的路口,"一家是工厂,另一家也是工厂"。老师说我"瞎七搭八"。

我上中学的时候,家住在上海四平路新港路口。那时的城市,不像现在这般日长夜大,一般一辆公共汽车,到终点,便在城市的边缘了。我们这里, 14路电车已经过了终点站; 55路公共汽车,从外滩开出,到我们这里,是第七站邮电新村,再过去8站,是五角场,那时候,叫五角场公社。这四平路的一路上,可以看见农田、部队的营房,汽车一场的停车场,还有同济大学的大门和校舍;都是很空旷辽阔的。到了五角场,周围的人说话的口音,听上去也有点不一样了。

住宅的区域里夹着许多工厂。还有一些麻雀,可以到工厂的食堂里去觅食;空气里会飘来一些气味。我听到工厂日日夜夜的声音。我一直觉得这便是一台小马达转动的声音,听上去像一匹马在四平路上小跑。

我要说的一家是工具厂,另一家是玻璃器皿厂。这是我趴在工厂车间的门口,从门缝隙里看进去的情景。说老实话,这一点也不单调和沉闷。我常常趴在工厂车间的门口,从门缝隙往里看。工具厂是做铁锤的,18磅或20磅,这些都是先将铁条锯开,成为一个个铁圆柱。锯铁的机械,是用马达带动一根铁臂,像带动火车轮子一样,不过,这一回是轮子带动铁臂,再带动一把装有齿条的锯,锯条压在铁块上,做上下前后的运动。这是我最早理解的机械运动。从铁条到圆柱体,也使我对物体有了条和块的概念。我常常对着一根筷子端详,揣摩出这样的道理:筷子是条状的,但如果锯下来,成了短的一截一截,就是块状了。这种机械原理和物理知识,让我相信毛主席的教导,"教育必须同生产劳动相结合。"然后,工人将这些在形体上已经相当接近"锤"的圆柱体铁块烧红,用锤打;这种打铁的声音听上去很豪迈,不知道是几吨的、有点像书上看到的万吨水压机的机器,发出吼叫:吼吼吼吼——;那很大的锤,在探着,一上一下,像憋足力气;当工人往下按手柄,那锤便深深地往下,"砰!砰!砰!砰!"重重地砸在铁块上;工人用铁钳夹住这些烧红的铁块,很专注的神情,不断转动着铁块的角度和位置,以便锤炼成真正的铁锤。

玻璃器皿厂看上去要来得悠闲，从外面看，这些工人在一个高台上，用一根很长的铁杆，从一个炉口里挑起一朵火红的玻璃浆，然后就着铁杆，用嘴吹，我这才知道，那铁杆是根铁管。工人吹的气，让玻璃浆像洋泡泡一样大起来，吹着，又不断放下铁管，往边上弄几下，让未来的玻璃器皿有一定的样子。他们一群人便这样把玩着，一副悠然的样子。

夏天的时候，这些工人的身边，都放着无数的汽水瓶。他们随便打开一瓶，仰起脖子灌，也不全往嘴里灌，间或晃那瓶子，手按着瓶口，汽水便喷射出来。很浪费。这种浪费，我许多年以后在电视里看汽车拉力赛，又看到了。那些赢了的车手，也是这样喷香槟酒的。

我说的是1972年的冬天。工人在这个时候不喝汽水了。这年冬天，这些工厂每天倒出来的铁渣和碎玻璃都清理干净了，也不允许再倒出来了。工人都不要做工了,"吼吼吼吼"的锤打机,这时候被关掉了。马路上便一下子变得宽阔安静起来。

这是因为美国总统尼克松要到上海来了。有几天上面还关照,没事儿就不要出门。很冷的冬天,不出门就不出门。很符合上面定下的12字方针:"不冷不热,不卑不亢,以礼相待。"我觉得,这12字的后面还可以加上4个字,是这年冬天的印象:"干干净净"。

尼克松是那个年代里一个突如其来的人物。于是,尼克松一直被我们这一代中国人所关注,一直关注到他死。有关他的传说,以及总统国家安全事务助理基辛格博士秘密访华,被我们津津乐道。尼克松在欢迎宴会上的讲话,引用毛主席的诗词:"一万年太久,只争朝夕。"他自以为得意。传说,他在来中国之前,读了许多有关中国和毛主席的书。他就用了这么一句,恰好是毛主席要打倒帝修反就怕时间不够。毛主席诗词还有呢:"四海翻腾云水怒,五洲震荡风雷激。要扫除一切害人虫,全无敌。"

传说他到中国来,还带着饮用水。这在当时令我隐隐不满。几十年后,我们自己也开始喝饮用水,出行的时候也会带上几瓶矿泉水。私下里对尼克松又有了一层新的理解。觉得这人在那时候带着自己吃的水走近我们,也是不容易。

从那时开始,《参考消息》成了我必读的报纸。我第一眼看那《参考消息》的时候,怎么看也应该是"参改"消息。那个"考"怎么就变成了"改"。而且,从内容上看,有些消息是的确需要改动一下的。我开始熟悉全世界各个大通讯社的名称:"美联社""路透社""塔斯社""合众国际社""法新社""共同社""时事社""中央社"……比较扎眼的,是他们对中国的称呼:"红色中国""人民中国""共产党中国",并且有一些说法让我很不习惯,比如什么"毛主义"。所以,读《参考消息》，天然会有一种警觉，像是和敌人在面对面交锋。再加上这《参考消息》还不是随便什么人都好看的。有一次，我在父亲的"五七"干校，看了《参考消息》随手放在桌上，马上有人过来对我说，这桌边的床铺睡的是一个"走资派"，还没"解放"，是不可以看"参考"的。从此，我看"参考"都注意避开这个"走资派"。

《参考消息》真的只好"谨供参考"。外国人说我们好与不好，都是要"参考"的，或者说，是"参改"。我一直都惦记着这"改"字。我"参考"下来，觉得外国人经常会说我们这里："街道很干净。人们脸色红润，看上去吃得很好。"想想尼克松来的时候，马路上弄得很干净，也算没白弄。至于说到吃，我那时候人瘦，胃口很好，总觉得自己营养不够。冲着外国人说的，便很注意让自己吃得好一点。我给自己增加营养唯一可行的，是吃蛋炒饭。比较好弄。本来吃泡饭的冷饭，现在用鸡蛋炒,放了油。鸡蛋很紧缺,可以用冰蛋,或者蛋粉。这样往肚子里塞,抹着嘴,心里便想这外国人的话:"人们脸色红润,看上去吃得很好。"便觉得自己真的"脸色红润,吃得很好"。踏实了许多。

24

冬天的时候,我们都很盼望太阳,很盼望是在朝南的教室里而不是朝北的教室。我喜欢晒太阳。教室里的座位,纵向的一排,每一个星期要移动一次;我算计好在什么时候,我的那一排便可以移动到窗前晒得到太阳的地方。几次太阳晒下来,便是寒假了。

太阳底下,大家都好像变得随和起来。许多聊天都是在太阳底下聊起来的。所以聊天会跟"天"有关。

冬天的太阳底下，马路都是发白发亮的。大家在太阳底下走，慢腾腾的，像是要趁机晒晒太阳。上海的冬天没有太阳的日子，是很阴冷的。

这时候，马路上的人会多起来，是到外地插队落户的人回来了；会看见熟人，他们一个个都变得魁伟了一些，并且换了崭新的衣裳，穿着高领头的毛衣；藏青的"的确凉"卡其布的外套，钉着黄色的海员钮扣，很显眼的；也有的穿上海衫，短的"派克"大衣，后背上打着褶皱，叫"复饰"；裤子是黄卡其的，很合身，包在屁股上的两个口袋，上面有两个大方盖。这些服装的款式，都是在阿尔巴尼亚、朝鲜电影里出现的。

这些人回到上海后闲着没事儿，便一拨子一拨子地聚会，结识的人扩展到别的区，我们这儿的人会跑到杨浦区、卢湾区，那儿的人也会到我们这儿来。可以感觉出来的是，黄浦、卢湾、静安、徐汇来的人，要比闸北、虹口、杨浦的人文静；常常看到许多人在聊天，有一个人在看书，一问，是静安区的。

他们经常哼着许多新的歌，是一些"知青歌"；说一些他们各自所在的地方听来的故事，互相听和说，还要将这些故事带回去，换了一拨子，便复制"批发"这些故事，还加油添醋。故事便愈加离奇。这些人肚皮里都会有几个故事。《梅花党》像真的一样，说王光美是"特务"；《一双绣花鞋》，说的就像发生在弄堂房子里的事儿，楼梯口的门边，露出一双绣花鞋；《绿色尸体》，是讲蒋帮特务在太平间尸体里安放电台。还有些细节：公共汽车的末班车，有两个人扶着一个女人上来，女人戴着大口罩，一声不响，忽然，女人的脚踢了踢前面的乘客，那人回头，看到女人在流泪，口罩下露出铁丝勒住了她的嘴；还流传进公安局要考试的事情，要到太平间去，在每个尸体旁放两个馒头，忽然伸出一只手，有个声音对着你：我还要！

这样的故事有很多。很记得住。

到这些人的家里去，也会吃到一些知青带来的农村土特产。安徽插队的，大多是山芋干、花生；江西插队的，吃的东西没有啥，但会带来樟木箱和排门板，可以在夏天当铺板；云南、贵州回来的，带来一些酒和香烟；黑龙江、吉林回来的，是很大的黄豆和葵花籽。回来的人和原本就在家里的人，便围坐在太阳底下，吃着带回来的土特产和上海市民配给的年货。他们吹着自己的口琴和笛子，或者拉手风琴，一拨子人都会跟着唱起来。有几个女人教我把花生米和大白兔奶糖一起放在嘴里吃，先是慢慢地甜起来，再有花生的香味，一点一点和着奶糖的味道，浓郁起来，是很地道的花生糖。她们自己便这样咀嚼着，身子挨着我，让我闻着一股热烘烘的花生糖香味。这个时候，半导体收音机里播放着这一年推出的一些革命历史歌曲，在每放一首歌的时候，都要说一遍"聂耳曲，集体重新填词"或

"冼星海曲,集体重新填词"。

城市里的每个家庭,便是这样不断地感受着农村和边疆的气息。就连衣着上,回来的人脱下的军棉衣,就穿在他的弟弟妹妹身上了。有一种叫"拖拉机棉袄"的,黄绿色的,用缝纫机踏出条纹来,成为时尚。

插队回来的知青还带来一种风气,那便是谈"敲定"。谁和谁谈恋爱了,敲定了。他们在农村和边疆战天斗地,同吃同住,很快便"敲定"了,在这个时候,便可以带来带去,见各自的爷娘,各自的朋友。所以,他们聚在一起的时候,都会有男男女女的。他们男女之间都很团结,不像我们中学里的同学之间,男女不说话。我觉得,他们在劳动中建立了革命情谊,同时也带来了爱情,这样可以让他们离去的时候,不再哭哭啼啼。大家都是一样的,都要这样从生活里走出去。我跟他们现在很亲近,也是在跟以后的我自己亲近。对他们现在的一个眼神、一个手势、一个服饰的感觉，一个终日盘绕在耳畔的旋律的眷恋，都将在以后的生活里再现。我相信我一定会生活在这个人群里面，并且会很快爱上其中的女人，谁，或谁，她们会和袁惠芬有几分相像。这样的女人，我已经发现几个，具体的选择，我得留到那会儿再说。

那些夹杂不清的、可笑的、缠绵又温情的细节，一直在我的冬天里回来。每当在冬天里，我都要把花生米和一颗奶糖一起放进嘴里，重新吃到真正的花生糖。那时候，那些女人会被我想起来；想起袁惠芬，黯然神伤。

25

农民炫耀着他们的褐色泥腿。用今天的眼光看他们，好像在农村劳动中滑稽地摔了一跤。他们是那个时代的骄傲分子，凭着这样的泥腿，他们有许多值得敬畏的称呼,像"泥腿子教授"和"赤脚医生"之类。还有草帽,成为一种艰苦朴素的象征。那种金黄色或黄褐色的草帽,顶大边宽,上面的红字是"农业学大寨"。我戴着这样的草帽去学农,在海岛上最有感受的,是风的力量。风吹起草帽,像放风筝。

学农劳动是那时中学生的必修课。当时上海有十个区十个县。正好一个区对一个县。我们到的是上海最具农村特点的崇明,走陆路,还有水路,有海岛风情。当地农民的口音,也给我们提供了一种远足的感觉。有一种蟹,在这个岛上的泥地里到处都是。不大,急速爬行,一眨眼便钻进了泥洞里。"崇明蟹"是这种蟹的叫法,也是叫崇明人的称呼。

暮春时节,连绵的阴雨是"双抢"大忙的开始。便是在这个时节里,既要抢收麦子,又要抢种水稻。连着的雨天,我赤脚走在泥地里,感觉很难受。这种难受是腻滋疙瘩的，特别是这样赤脚走到猪圈旁，特别的腻心。这猪圈旁的泥泞地，土都是褐色的，松软的，夹杂着草料，一脚踩下去，泥团从大脚趾和第二个脚趾间挤出来，形成一团球，联想到日本式的夹在这个脚趾缝里的拖鞋。草在脚底板挠痒痒。有一种恐惧感。周围全是猪叫。

我对赤脚的恐惧，源于我们学农劳动中有关冬天开河的传说。在冰天雪地里，要赤脚到干枯的河床上挖河泥。那种开河的泥锹，我是见过的，锋利得像一把刀，插进淤泥里，扑哧一声，开个口子，挖出来的河泥，都是四方的一块，像块糕。冬天的河底里，常有冬眠的泥鳅，钻在河泥里，一锹下去，泥鳅一断两，泥的截面上，就会有一个泥鳅身体的横截面，血水从这个小圆的剖面里渗出来。有一个男生挖河泥，立在冰冻的河泥上，脚麻木了，自己的锹猛地下去，看到有一截横剖面，也有血水渗出来，以为是泥鳅，捡起来，手里捏着的是自己的一个大脚指头。

在落很大的雨的时候，就躲在牛棚里拾掇农具，其中便包括几把开河的泥锹。这时候，我的大脚指头都会生疼。看看自己赤脚的脚指头，还在。不断用手去护着自己的大脚指头。

我们的劳动是用一些麦草编草绳，雨水从草棚的檐上挂下来，像一道水帘。这时候，放农假的农家子弟，跟我们一起劳动。她们多是女生，男生还要到田里去的。这些女生跟我们差不多大，她们赶着牛进来，嘴巴里轻声吆喝着；仔细听下来，便弄懂了，要牛跑，便叫"喳"，停下来，是"哦"。我们也过去帮忙，叫几声"喳"或"哦"，过把瘾。比较有趣的，是连着叫"喳"和"哦"，那牛走几步，停下来，牛蹄子忙着，到后来牛犯迷糊了，干脆不动，像晓得我们在拿它寻开心。

我们和那些女生说一些读书的事儿，感觉就像回到自己学校。这是学农劳动中比较舒心的一刻。

女生很聪明,和我们学农学生说普通话,但她们自己人说起话来,都叽里呱啦地说崇明话。草绳编好后,她们就团将起来,动作很职业,团得像要送到商店里出售似的。我发现有一个小姑娘的手特别巧,团那些粗糙的草绳,像团绒线一样,并且借助自己小巧的身体,用胳膊肘做上下左右的运动,那草绳便绕在她的胳膊肘和肩胛上,褪下来的时候,身子一扭,脱落下的是很整齐的一捆。她走过来教我,手扳着我的胳膊肘,像要把我"揪出来批斗"的动作。我就势翻过身来,很近地跟她面对面。她红扑扑的脸上汗珠很细,赤着的脚,正好踩在我的脚背上。

"没的哈话头了。"有人便叫起来,意思就是"没什么话好说了"。我就着这话的意思,把她抱起来,只轻轻一甩,顺势把她摔倒在草堆里。

这女生起身的时候,忽然便在哭。我一直没有弄懂她哭的意思。她并没有摔疼。因为我当场在摔她的地方以同样的动作自己摔了几次,都不觉得疼。但她却哭得很伤心。

男生女生因为有人哭了,都闷声不响。空气很沉闷。我过去钉一块独轮车上的把手,榔头甩得很响。做这种活儿让我想起过去在我家干活的小木匠,一个人唠唠叨叨。我钉着钉子,觉得自己干这个很像模像样,不由得想起电影《列宁在1918》里的台词,一个人学着列宁的腔调:"苏维埃政权是稳固的。我们工人和农民建立起这样的政权是永久性的。"感觉做出来的东西结实而牢固,是永久性的。榔头越甩越响;那女生笑了。

那些日子,饥饿感是那样的强烈,以至于我到现在,去崇明一踏上堡镇或南门港码头,立马感到肚子饿。那时候,我们学生有自己的炊事班,她们买菜做饭。收工的时候,我们就往炊事班的驻地撒腿跑。老远便闻到饭菜的香味。这种香让我们赶紧跑,越是跑,肚子越是饿。

有一种洋葱，味道可以飘到老远，生是生的味道，熟是熟的味道；有许多天，我们连续吃炒洋葱。便是这个东西，闻着是香，吃着不香，而到了放屁的时候，是满屋子的臭。学农结束离开的时候，我们在回上海的双体客轮上，不管在哪里，只要闻到这股臭味，我便可以找到我们班级的同学。这让我想起这样一句话——工人阶级在全世界任何一个地方，只要听到《国际歌》的歌声，就可以找到自己的同志。

26

我曾经觅得一张旧报纸，1973年9月30日的《解放日报》。这个城市的人对四十几年前的一张旧报纸可能太陌生，但我却生出亲近感。那个电影广告专栏，令我听到粗制的扩音器里的音响，竟辨出四十几年前的电影里的对白。其时无几通道的立体声,画面也少有出彩。"隐藏多年的老狐狸又开始活动了。"《看不见的战线》一目了然。《森林之火》里有一句唠唠叨叨的台词——"阿林要死了"。比较脍炙人口的,还是欧化的语言,当初也是。"年轻人!继续抵抗是没用的。只要你们投降,意大利当局是不会枪毙你们的。""共产党员绝不投降!"《地下游击队》用手雷回答敌人。那个叫阿格隆的,关于他有段台词常挂在嘴边:"阿格隆不是第一次犯这样的错误了。我提议,他不能参加这次区党委交给我们的任务,把枪交给杰尔基。"《宁死不屈》还会挠痒痒,少女米拉爱上住在她家的革命者,寓意于一把吉他和一首歌,后来在狱中德军少校塞斯费·斯多斯利用这把吉他企图诱降。演德军少校的是个很会演戏的演员。当时还有《脚印》《创伤》也是他主演,听声音倒是挺熟的,该是邱岳峰配音。女英雄米拉会吹口哨,有点当时的"拉三"味道,但长相上,我看出来,她有点像袁惠芬。塞斯费·斯多斯还让我们见识了台球,他推杆击球,边称:"孤独使她痛苦,痛苦使她害怕,害怕使她动摇,动摇就会说出她的同伙……"那时候就幻想成为米拉的同伙。

朝鲜电影《永生的战士》,我那时还写了一篇观感,叫《沉默的英雄》。那是说英雄被俘后,为了不将机密说出来,咬断自己的舌头。这如何让人不感动?

西哈努克去广州走一遭,朝鲜许锬外长访华,都可以拍个新闻纪录片。可见那是新闻短缺的年代。于是就造作新闻。我参与其中,是传播小道消息,称有部故事片秘密放映,叫《无名女尸》。那时候这样的片名令人咂舌,其实就在广告上——科教片《西汉古尸研究》。

至今还能看到的,恐怕只有《英雄儿女》。真有点不朽的意思。现在电视里见田壮壮说他爸他妈,他爸田方就是影片中的王政委,这是中国电影里最亲切最具人情的首长。

1973年9月30日，73届的我刚离开中学。无聊无趣地在秋天的城市里漫游，看见有个电影院大多会钻进去，带上一只梨，或一包油皮花生。我在那个时候对油皮花生发生强烈兴趣，它粗糙的表皮是咸味的，带了点甜，便有点俗；咬开来后，是花生的香和脆，很热烈，还充饥，像部队行军带着的干粮。这多年的习性让我很可口又舒心。那日子真是阳光灿烂，仿佛有无数好事在等着我；随时都可以捋起袖子大干一场，是其时无聊中可以自慰的一份神秘的激情。

1974年春节，我们终于看到了最新的国产电影《火红的年代》《艳阳天》《青松林》《战洪图》等；显然，按照我那时对电影艺术的理解，新的电影很熟练地运用着电影插曲和主题歌。它们大多出现在片头字幕和剧情的高潮处，在结尾的时候又重复一下。"红旗卷烈焰，钢花齐吐艳……"的歌声,是《火红的年代》吕其明的音乐。后来听了无数遍《红旗颂》,知道吕其明的音乐就是那个风格,很符合电影的主题。这部讲述钢铁工人自力更生冲破修正主义封锁的电影,出演的还有于洋、娄际成、刘子枫、温锡莹和张雁。这个时候,我已经在杨树浦的一家纺织厂的技工学校读书,是半工半读。所以,与工人阶级建立了最初的感情。

随后是农民。《艳阳天》的故事和人物都是熟悉的,现在看到了形象。萧长春和焦淑红不谈恋爱了。他们和马之悦、马立本、马小辫这一拨子马姓坏人斗争。有个演员叫马精武,后来是北京电影学院教表演的教授,那时候在电影里演一个老头,很容易和电影里的马姓坏人搞混。

迷上看电影的片头字幕,有的电影放在片尾。如果没有看到片头字幕,就像没有完整看一部电影。最好是连电影厂的厂标也不漏掉,"八一"是红五星;"北影"是天安门;"长影"是工农兵雕像;"上影"换来换去,最后是个徽章一样的标记。记住了许多电影编剧、演员、导演、作曲、美工甚至拟音的名字。"陆柱国"是编剧,编过很多打仗的电影;长春电影制片厂很喜欢拍农村电影,乐队指挥老是一个叫"尹升山"的;农村电影的音乐作曲很多是一个叫"施万春"的,《青松岭》便是;演"万山大叔"的是"李仁堂",后来曾经改名叫"李齐",这人老是要哈哈笑道:"哈哈,秀梅啊!"

那首"长鞭哎,那个一呀甩哎,啪啪地响哎;赶起了大车,出了庄哎"的歌,被我们篡改了,用当时电影里的坏人的姓名填进去,唱起来很流畅:"钱广哎,那个应家培哎,马立本哎;马之悦哎,弯弯绕哎……"

被我们"集体重新填词"的歌曲还有,那首"哎!山笑水也笑,祖国大地换新颜,一片新面貌呀!"改成"哎!山笑水也笑,麻子涂了雪花膏,一片新面貌呀！"。男声小组唱《挑河泥》，是用沪语演唱的上海民歌，先是一句高亢的"挑河泥来"，之后是节奏明快的"社员挑河泥哎，越挑越欢喜哎……"，到结束，一大串"咳呦、咳呦、咳咳呦"的音调，由高亢渐渐低下去，是"挑河泥"的走远了。我们把这一串"咳呦、咳呦、咳咳呦"改成"咸菜、咸粥、咸泡饭"，唱起来很爽口，也很切题，一边唱着，一边还要做挑担子的动作，头随着节奏摆动，不断重复着："咸菜、咸粥、咸泡饭。"

这种"咸菜、咸粥、咸泡饭"，就培养着当时的城市艺术气质。

城市的艺术生活对青年充满诱惑，它暗示着希望；还有关爱情。许多学校、工厂、农村的黑板报，可以看到娟秀的粉笔字和美妙的图案，这是用最原始的方式，表达着对艺术的向往。新华书店里，有一种艺术类书籍很畅销，那是各种各样的

"黑板报图案集"和鲁迅的各个版本的头像木刻画，供艺术青年们在黑板报上临摹。有关鲁迅的油画是那个时代的艺术精品，它集中出现在一本叫《鲁迅的故事》的小册子里，作者"石一歌"，后来知道那是11个人的写作班子的笔名；画者陈逸飞、邱瑞敏、魏景山的名字在那时候被我记住。还有一些工人、军人诗人，他们歌颂小船台上造大船，歌颂西沙和西沙之战。这些诗情画意给我带来奇特联想。还有这个城市的香烟牌子，都带有诗情画意，老的有"牡丹""飞马""大联珠""大前门"，后来有"海鸥""凤凰""金花茶""敦煌"等；那时候我开始抽烟。

我关注着各种各样的新的艺术作品，有一种短故事片，两部一场，最先出现的是《一副保险带》和《无影灯下颂银针》。演《一副保险带》的演员叫王政、钱红娟，这两个人让我觉得，她们都可能是文艺宣传小分队里出来的，现在就成了"青年演员";再过几年,我是青年,也就有可能成为"青年演员"。演《无影灯下颂银针》的是复出的老演员祝希娟,流传着她当年被导演谢晋发现的事儿,说她在戏剧学院食堂里买饭,跟人吵架,很凶的样子,就被选来出演电影《红色娘子军》里苦大仇深的琼花。那时候,的确会有人到学校、工厂、农场里去选演员,更多的是部队里的人来招文艺兵或体育兵。重拍革命电影《年轻的一代》时,就盛传上海电影制片厂的人在寻找"萧继业""林育生""林岚"的扮演者,过后便看到是杨在葆、达式常、李秀明的事儿;没我们的事儿。

电影《第二个春天》拍得很美,导演桑弧使出了浑身解数,很花力气地将人民海军拍得很漂亮,老演员是于洋、高博、杨雅琴——那个演过"娟子"的;新演员是张瑜、郭凯敏。张瑜让我感觉就像是我们隔壁家的谁谁谁,我们一起乘风凉。这使我一直对她有一种亲近感,并时时地维护着她,捍卫着我们这一代艺术青年的青春偶像。

《第二个春天》还让我知道镜头语言，一些特写镜头，摄影机旋转360度拍摄，那是于洋的一个镜头，脸部大特写，他满怀激情地回忆道："井冈山的红旗，长征路上的草根，延安窑洞的灯火……"演员是站在一个旋转的台上，摄影机在跟拍，同时逆向转动360度，镜头的画面便有了流动感，适合回忆。同样大量运用特写镜头的，是电影《侦察兵》，主演王心刚让我们为之一振，镜头对准这样的四方脸，堂堂正正的，一点都不亏，当然，最好看的，是他化装成国军的军官；那比解放军神气；他手戴雪白的手套，往炮筒子里一抹，全是灰："你们的炮是怎么保养的？炮弹离炮位太远啦。"

开始出现了一点轻音乐的节奏，很克制的，很节制的，是在一些歌颂乒坛盛开友谊花的电影纪录片里；还有一些软绵绵的歌词："花满乒坛春常在，友谊花朵遍地开……"抒情的旋律还是很雄壮的，很高亢，但好听了许多。《北京颂歌》把我们带到了一个高处，鸟瞰北京，从早晨开始，一直看到夜里，"灿烂的朝霞，映红在中南海上；壮丽的夜景，报到着祖国的黎明……"有一个朝鲜族的女高音唱《毛主席走遍祖国大地》，很洪亮，像唱歌颂金日成将军的歌；而同样歌颂毛主席的，卞小贞唱起来就很悠扬深情，《太阳最红，毛主席最亲》到现在让那些流行歌手一学便会。偷偷听旧唱片，里面有一首女声小组唱《医疗队员到坦桑》，令人耳目一新。

还有一些笑声，源自于新演出的相声。第一次知道马季、唐杰忠，是他们的《友谊颂》，也是说支援建设坦赞铁路的，比较好笑的是马季模仿"斯瓦西里"语闹出的笑话，还记得最后几句："括哈里尼、括哈里尼……""怎么没声了？""那汽车拐弯了。"笑声，掌声。同时出现的山东快书《奇袭白虎团》,一开头,竹板敲起来,节奏上来后,是这样说的:"在 1953 年,美帝的和平阴谋被揭穿,他要疯狂霸占整个朝鲜;这是 7 月中旬的一个夜晚,阴云笼罩着安平山,在这山上,盘踞着美李匪军白虎团……"很注意其中的押韵,韵脚是 AN;我后来写歌词、诗朗诵之类,都会选诸如 AN、AO、OU 这样的韵脚,开口句,词字比较多。

有一本叫《学习与批判》的杂志,不断地登载一些学习体会文章,同时批判西方"腐朽、没落的资产阶级思想",也包括西方"颓废"的文艺思想和艺术形式。就在这本杂志上,我读到一篇美国小说《海鸥乔纳森》,说一个美国青年,对生活无望,寄托于自己能成为一只海鸥,便有了一大堆美国生活的感受和表达这些感受的奇特方式。翻译很严肃,在小说前先要列一大堆批判的导语,但译笔很好,感觉是一种新奇和繁复,却是短句的。十年以后的 1980 年代,西方文艺作品大量进入的时候,读塞林格的《麦田里的守望者》,还老是会跟《海鸥乔纳森》联系起来。另外有本叫《摘译》的小册子,大量介绍西方的哲学和文艺理论,感觉在世界的其他地方,是一塌糊涂,让人不明不白,而我们这里,真的是干净,干干净净。

城市的艺术生活对我充满诱惑。我的青春在城市苍白的艺术生活里游荡而过。感觉这是在城市。我耽迷于这些灰色的享受。我的灵魂感受到的是一种神秘的刺激,心旌摇曳;艺术通过某个媒介,造访我们;它奇异地侵蚀人的肌体,毒化血液,而艺术本身,是可以逍遥法外的。

27

在这城市还很沉闷的时候,便已经隐藏着那样有关情感和情调的故事。尽管这些永远消失的细节以及背景,是不可被复制的,但他们与城市生活和历史融合在一起，无法被剥离；并不显得有多少特异，却看上去更加自然，似乎这些早就是这个城市的历史了。城市生活就是有这样的感染力，任何色彩、情节、细节，在这里都变得温和、复杂，永远潜藏着太多的可能性。感染力便来自这些可能性。

我骑着自行车，开始出没于城市的各个空间，并且开始回忆。徐汇区的花园洋房，有一条叫衡山路的林阴道，长着法国梧桐；这里和城市的大众生活似乎不着边际，旁若无人。在那时也这样。这里面一定有另外的生活。但是，我不知道，除了像我这样的生活，一定还会有其他什么生活。这让我回忆在淮海路"芬金坊"的日子。生命初年的经历开始发生作用。它使我转变，充满感伤、忧郁、疏离、憧憬和幻想；一些很辉煌的遥想，作用于我的精神。

我找到一个灵魂的去所，那是虹口公园。它不像衡山路那样遥远和不着边际，那样贵族化；虹口公园是平民化的,但不乏知识和理想。那里坐着鲁迅,他永远保持着镇定和冷峻,矮小而僵持的身子,让人有一种谁也奈何他不得的感觉,一种硬邦邦的精神,却是令人起敬的;邻近的山阴路,住着许多中学教师。我在这条路上,经常会碰上我的中学老师,在山阴路祥德路口的小菜场买菜。他们拎着小菜篮头,里面是绿豆芽、黄芽菜、豆制品之类;他们吃得比较素,还关照我"要多读点书",让我听到一点学生时代的回声。像是一种呼唤。在山阴路到四川北路的地方,有复兴中学,古老的建筑里,传来青春的躁动和嘈杂。这所中学有排球运动的传统,所以经常可以看见从不高的围墙上,飞出来一只雪白的排球。这排球始终给人一种干干净净的感觉,拿在手上轻飘飘的,很优雅和舒缓,不像足球那样沉重而粗糙激烈。

在这所中学的边上,有一条小马路,有很绵密的水杉和一个甜蜜的路名:甜爱路。到了夜里,从虹口公园谈恋爱还不尽兴的情侣,就集中到这条马路上来了。那时候,这条路是不通公交车辆的,但像停车场,停放着许多大卡车。这些车辆正好成了恋人的屏障。夜里走过去,停下,装着系鞋带,蹲下身子,从卡车的大轮胎下面望过去,里面的一侧,是两个人的脚,挨得很近,女人的脚踮起来,一踮一踮的。

同样谈恋爱,在外滩谈恋爱的,就不像甜爱路上那样含蓄;那里的恋人一到外滩的防洪墙边上,面孔朝着黄浦江,就像到了规定可以搂抱接吻的地方了,但身子一转回来,就分开来。这种规矩很好,这让我在他们的背后看过去,看不到他们的面孔,就有一个想象,他们个个是漂亮的,美妙的。他们的手互相搭着腰的时候,都会轻巧地抚动,男男女女在这个时候,都很优雅。有人还会将自己的手插到对方的裤袋里,掏着什么东西,有一次,一个女人将手伸到男人的屁股袋里,掏出一块手绢来，带出来半两粮票，落在地上。

人民广场里也有谈恋爱的，有点不一样的是，这里的恋人是流动的，走来走去的。走到广场边上的绿化地带，那里的位子会有许多老人占着，他们终日在拉胡琴，在唱京戏；还有许多单身男人，在树丛里逛来逛去，给人一种不安全感。于是，谈恋爱的便又走回来。就这么走来走去。在广场的宫灯型的路灯下面，倒也有一种光明磊落的感觉。相对就比较轻松，看一些人骑着机器脚踏车，也就是两用车，有点像后来风靡城市的"助动车"，兜来兜去；也有开着摩托车的，在拉速度，过着最初的"飚车"的瘾；看见一些人在学骑自行车，晃来晃去，摔下来，恋人们一起跟着笑。他们商量着要买辆新自行车，"永久18型"，比较男性化，"凤凰16型"，比较女性化；这样的恋人，大多已经进入到谈论婚嫁的实质阶段。

我整日穿越城市，迷恋坐公交车，从起点站上去，到终点站下。坐一个靠窗的位子，一路上看着市容，听着车上的人唠叨，吵架，售票员喊叫；想着自己的心事。也有事情会发生。查票的忽然上了车，套起一只袖标，就检查票子了。回回有逃票的，还有冒充月票的；冒充月票的方式离奇古怪，有自己画月票缴款证贴上去的，还有将偷来或捡来的月票撕下别人的照片贴上自己照片的。我自己就会一个人很认真地看起月票，觉得发明这月票的人有点聪明，用一张底卡，贴好照片，盖了钢印，以后每月只要贴一张小画片，标着月份和有鲜明特点的图案，盖个章，就可以了。有人就画这种小纸片。要画得像，也不容易。

老乘客的月票，上面就有厚厚的一层这样的小画片。照片上的面孔，连自己都要不认得了。

我经常深夜回家。头脑里都是这样的一些城市生活碎片。我会把这些碎片整合起来，胶合进自己的体验，幻想着、等待着可能出现的转机。比如，捡到巨款；被某个电影导演发现；一段艳遇；一场见义勇为的肉搏；诸如此类。我看见深夜踏人力车进城送蔬菜的菜农，他们吃力地拉车上苏州河上的桥，便停下来歇脚，送番茄的，就从车上拿几个番茄来吃，吃完后番茄皮和那个芯子，就往苏州河里扔，声音传得老远；夜近深，苏州河上的桥头，经常会有女人哭哭啼啼，在桥上徘徊，让人不放心，总觉得跳苏州河的，就是在这个时辰，就是这样的女人。上海人在那个时候，时兴说这样一句话："苏州河没有盖头的。"意喻要寻死就去好了。很不负责。大家都有点自说自话。

我睡不着，精力充沛，关注所有的事儿，就像当初描述坏人的话语："一有风吹草动，他们就蠢蠢欲动。"我也说不出我要干什么，就喜欢这样在城市里游荡，如饥似渴地搜寻着可供观赏、阅读、思考的东西。有许多时候，为了看更多的报纸，会特意到上海几个大的阅报栏和宣传栏去,那是四川北路桥堍的邮电大楼下的阅报栏和南京东路江西路口的阅报栏;人民广场西藏路上有总工会的宣传画廊和科技画廊;南京西路国际饭店对面的是体委宣传画廊。要看最新的当日报纸,便去圆明园路的《文汇报》社门口的阅报栏,或汉口路上的《解放日报》社门口的阅报栏。

所有文字的东西都会吸引我。马路边电线杆上,贴着调换工作、调换房子、买卖房子的招贴;手写的,蓝印纸复写的,油印的。文字很有特点,一些词语,诸如"闹中取静""冬暖夏凉""大劳保""来信必复""谢绝面谈"……是在那时候弄懂的。

这是我所能够感知的。与我有关,或许无关。都是值得品味的。若有所思,若有所解,却是很散漫的,游荡的,无序的。我以自己习惯的姿势,漫无目地观望,随想,有一些东西一闪一闪。

28

1970年代后期,可以看见城市逐渐在梳理秩序。

1979年国庆节之前,街面的房子都涂了一种鹅黄色的墙粉,不再是清一色的白色石灰,显现生活的暖色调;上街沿由方块水泥板铺就,路面至街沿有一个比较明显的斜面;生铁的窗井盖板还没有被人偷去;上街沿有一个蛮挺刮的台阶;有几棵悬铃木行道树;有隔离栏;有废物箱,还有用黄漆划线的自行车停放处,白线划出的清洁卫生包干区;一旁的店家,一块块彩色的广告招牌,让排队的人好解解厌气;这个城市的电视台在1979年1月28日,播出了中国大陆电视史上的第一条电视广告——1分半钟的参桂补酒广告。

生命在酝酿着变化,要作最后的发育。我只要一闭上眼，就可以感受到缓慢的生活里激荡起一些涟漪。许多年轻人都会甩一种叫"沙球"的乐器，就是两个灌了类似沙子的东西的球体，在乐队里跟着节拍轻轻抖动，发出"恰恰"的音响。这东西弄得不好就是"稀哩沙啦"地乱响，但凑合在电子音乐里也不至于太乱，比这更乱的是爵士鼓，听上去好像节奏感很强，但谁上去都可以敲出节奏来。比听节奏更好的是看打爵士鼓的人，他们手底下通常会有大大小小的鼓，以及铜钹和唱铃什么的，人却露出困顿和倦态，不知道什么时候，他们就会打个哈欠，任何优美的音乐都难以让他们打起精神，但轮到他们动手的时候，他们会很灵活，埋头敲打起来，手脚配合，交叉变换着手势，间或敲一下铜钹，发出"匡"的一声，很久远的样子。电子音乐时常会发出尖利的音色，很有穿透力，老远就可以听到，让听者竖起了耳朵，待到分辨出旋律，便有"恰恰"和"匡"来给人以节律。这是一种风致，正是许多年被压抑的中国人释放情感的通道。爱情或苦恋,单相思,便可以进入到独特而怡然的迷糊状态。

这时候,我感受到除了大动脉的搏动,一切都可以为之停顿,生命已然离我而去,已然回归,而我又酣醉于这极度疲惫和亢奋之中。那是愉快的,又同时接近痛苦。我发现,我的生命里的快乐和痛苦总是不期而至。

这是1978年的暮春。这年的6月22日,我的日记里这样写道——"6.11,'上戏'初试,无音信。受挫。要把这一尝试作为推动力。还是走原来的路。'照过去方针办。'"。

在这篇日记之前,是1978年6月12日,记录了这样的事儿:"1978年6月12日16时50分,我国伟大的无产阶级文化战士郭沫若同志逝世。"我可想起当时自己的思想深处的一丝隐语。一个伟大的"文化战士"倒下了,千万的"文化战士"站起来。我就是其中之一。我一定是抱着这样的理念，熟读了《蔡文姬》《屈原》，走向上海戏剧学院设在上海愚园路市西中学的考场的。

这一年，北京电影学院也在招生。在报考上海戏剧学院戏剧文学系之前，我曾经去信询问北京电影学院导演系的招生情况。学院很快给我寄来了"招生简章"，附了详尽的非北京地区考生报考的注意事项，以及各报名点的报名时间。那阵势似乎"就你了"，硬要把你拽来考一把似的。我符合所有的报名条件，但我怯步于这样的要求："具备一定的组织能力"和"表演基础"。导演是要有这样的"能力"和"基础"的。

我很看重我的这一有关"北京电影学院"的经历，至少它没有给我留下失败的记忆；是我自己放弃的。许多年以后我知道，张艺谋、陈凯歌、田壮壮都是这一年进入了北京电影学院。

在那时，我的日记里大量出现毛泽东的话语。

在这些被我引用的话语里，可以看出那个时代毛泽东对中国的影响是无与伦比的。那是毛泽东时代。毛主席的话会被用到许多地方。我总是对许多过去的事儿产生触觉，并因此产生特别的感觉。如碰上极坚硬的混凝土残渣、生锈的螺丝螺母、巨大的铁块等，那些无法撼动的家伙犹如沉重的过去，给人以生硬的感觉，或是触及坚硬的本质。便不动它了。在那时，那没什么不对。

毛泽东本人在我心目中便是一个坚实的过去。在我走过大学校门的时候，我都要探头探脑。这是我对大学的一种独特仰慕方式。许多年以后，我结束了我的上大学的梦想，我还是保留着对大学校门探头探脑的习惯。我看到这个城市的许多大学门口，矗立着无数个毛泽东的巨大塑像，有的伫立，有的迈一小步，大招手。我感受着毛泽东的坚硬本质。我会赋予这样一个与我不着边际又息息相关的领袖以情感。因为我们都已经不是孩童。我以为我们是一出戏剧的参与者。主角是毛泽东，我是千千万万的群众演员中的一员。正剧被保留了下来，悲剧在逝去。我们都一样，都不希望看到悲剧；有许多时候，我们却又会浪漫多情，在戏剧演出里暗地希望有一些悲剧到来，让我们流泪，扼腕叹息，一边却热火朝天地扮演着正剧角色；而懵然不觉的是，悲剧其实已经开始。

毛泽东的晚年与我们的青春有关。这让我经常会幻想着他的晚年，就像回忆自己的青春时光一样。这是一个有关领袖与人民的画面。有一位老人斜坐在古筝前，他停止了弹奏，以聆听自己的生命。人民默然无语。他在人民的静默中睡着了，口水从他的嘴角淌下来。

一个时代结束了。

有一天，在与人共进午餐的时候，我看见同桌有个中年妇女，在动筷前，她先将筷子到有汤水的菜碗里蘸一蘸。这个细节过目不忘。这让我想起过去许多平常的日子，上海的日常生活。在很早的时候，我曾经就这个细节问过我祖父，他告诉我，在吃饭前，第一筷是要夹饭的，但因为筷子干燥，容易粘着米粒，等筷子将第一口饭送到嘴里后，筷子头上会留有一些饭屑粒，被带到菜碗里，是很不好的。所以在动筷前，先用汤水润湿筷子，就不会粘饭了。

关注这样的细节令人神伤，也时常让我走神。它们在消失。留存在记忆里的，是一些幻想。小时候，逢到国庆节，夜里要放焰火。许多人爬到高处。焰火腾起来，大人小孩欢呼着。几次焰火放下来，夜空中哔哔啵啵的声音，很好听，零星的火光飘着，不甘离去。我觉得已经没什么看头了。这时候，我喜欢看那些看焰火的人，他们的表情很奇特的。有的哈着嘴；有的指手画脚；有的大呼小叫；有的拽着树枝，生怕掉下来；两个人合站在一张凳子上的，互相搂着，晃着身体，极力保持平衡。没有人注意我，我注意到别人。

许多年以后，我还是这样。看体育比赛，时常走神；有许多时候，我根本就不看比赛，就看比赛场上的裁判；也是很有看头的。拳击裁判穿得很得体，戴着黑领结，像去吃喜酒的人，姿态也很优雅，人家打得死去活来，他在边上踱着碎步，前后观察，人家打的时候他不拉，人家不打的时候抱在一起，他去拉开了。足球裁判跟着球奔，看上去似乎比球员还要起劲，但球真的滚到他这边，他连忙跳开，那姿势很有点木嗽嗽。乒乓球裁判最戆，坐着，身子一动不动，像个木头人，得分的时候，他就举一下自己靠得分一方的一只拳头，很严肃的样子，像宣誓。排球裁判像唱滑稽的，坐在一个高椅上，一只头跟着球来回转，节奏和频率几乎与球同步，是高球的，他的头还得往上提，用自己的头在空中画一道弧，球扣下来，他的头也往下冲一下。

我总是想弄明白我性格中的这种爱幻想的天性。这种天性一定是根深蒂固的。时隔几十年，它又在我的体内复苏。我有一阵冲动，禁不住想攀上一个高处，将几十年的城市生活尽收眼底。那是我的一片绿洲，是我心目中一个温情脉脉的女人。

也是故事。是我亲眼看见的和亲身经历的。我从孩子开始，经历了情节；算不上伟大和惊艳，但我从自己的眼睛发现和探究的，是细节；我相信我在讲述这样的故事的时候，所体验到的感情，是一种温情。

默默地恋上生活 (代后记)

上世纪六七十年代，总觉得是一个嘈杂年代。童年与青春初期，伴随市声人气，交响而热烈。只有在吃小核桃的时候，默然。上海人大多喜欢吃小核桃，那时是过年的年货，配给，大户一斤，小户半斤。现在多了起来。 1985 年中共中央、国务院决定放开农产品市场，许多过去吃不到的东西，开始有的吃了，像猪肉、鸡蛋、鱼、牛奶、水果，还有小核桃。东西要贵一点。

小核桃咬开来，在咬的时候要掌握好分寸，用力均匀而节制，尽可能让外壳碎裂，又不碎至小核桃仁，让小核桃仁尽可能保持完整。然后，埋头在碎壳里拣肉，先是大的，逐渐小下来，到一点点嵌在壳里的。女人夹头发的别针，俗称"夹叉"，用来挑。这种埋头用夹叉挑的姿势和动作，像极修钟表。

吃小核桃的时候，是一种沉默。嘴巴没空，脑子在思考，眼睛在搜索。这是最安闲的日子，也是思想最活跃的辰光。从小核桃的微香里，唇齿之间所感受到的是浓厚的游戏心情，还有是合成的家庭温情。细水长流，细腻而真切。

大概是在这个时候，男人初步恋上生活，恋上细节。刚刚开始，产生城市生活的细部体验。就此便有如今《初恋》的写作。

吃小核桃还有一个奇怪的现象，那便是要么不吃，吃过一只，便停不下来，每次去拿一只，总对自己说，这是最后一只，但还是有下一只，便这样，接着吃下去，吃光为止。这真的有点像生活，像写作。总想着写完这篇,差不多了;但生活在继续,恋情再续。再写下去,没完没了。

2020/1/13

图书在版编目（CIP）数据

初恋/程小莹著.-上海：上海文艺出版社.2021
ISBN 978-7-5321-7507-9
Ⅰ.①初… Ⅱ.①程… Ⅲ.①自传体小说－中国－当代
Ⅳ.①I247.5
中国版本图书馆CIP数据核字(2020)第041961号

发 行 人：毕　胜
策　　划：李伟长
责任编辑：于　晨
封面设计：钱　祯
封面插画：施晓颉×公号：痴吃喵

书　　名：初　恋
作　　者：程小莹
出　　版：上海世纪出版集团　上海文艺出版社
地　　址：上海市绍兴路7号　200020
发　　行：上海文艺出版社发行中心
　　　　　上海市绍兴路50号　200020　www.ewen.co
印　　刷：杭州锦鸿数码印刷有限公司
开　　本：787×1092　1/32
印　　张：6.125
插　　页：5
字　　数：73,000
印　　次：2021年1月第1版　2021年1月第1次印刷
I S B N：978-7-5321-7507-9/I·5972
定　　价：46.00元
告 读 者：如发现本书有质量问题请与印刷厂质量科联系　T:0571-88855633